MEURTRES EN CHAÎNE

lemasque.com

Ali Rebeihi

Tante Alice enquête

MEURTRES EN CHAÎNE

ÉDITIONS DU MASQUE

Maquette et illustration de couverture : © Bureau Jany
ISBN : 978-2-7024-5238-7

Né à Toulouse, **Ali Rebeihi** est journaliste, producteur ainsi qu'animateur radio et télé. Surnommé « le pape du développement personnel », sa voix berce des millions d'auditeurs dans l'émission quotidienne phare de France Inter « Grand bien vous fasse ! », où il échange avec ses invités autour de questions de société, de philosophie, de bien-être, de santé. Depuis janvier 2021, il anime également avec Agathe Lecaron l'émission « Bel & Bien » sur France 2, dans laquelle il prodigue des conseils pour mieux vivre et prendre soin de soi et des autres. *Meurtres en chaîne* est le second roman mettant en scène la piquante Tante Alice.

À ma mère,

À Benoît Duteurtre,

À Patrick Santamaria,
professeur de sciences économiques
et sociales au lycée Bellevue de Toulouse

PROLOGUE

« La vie n'est qu'un bref éclair de lumière
entre deux éternités d'obscurité. »

Vladimir Nabokov

Il y eut d'abord ce bruit mat, au rez-de-chaussée, puis le déplacement d'un corps et, dans les secondes qui suivirent, un râle continu. Des pas dans l'escalier en bois, une porte d'entrée en chêne vitrée refermée avec soin, et le silence qui s'infiltre dans la maison de maître, propriété de Quentin Duval, prodige de la télévision, présentateur vedette et producteur d'émissions à succès, décédé la veille de la Toussaint, à l'âge de quarante-cinq ans. Deux fois divorcé, père d'une étudiante en architecture et d'un petit garçon de huit ans, lirait-on le surlendemain dans les rubriques nécrologiques des sites d'information.

Le quartier cossu était désert ce soir-là, la plupart des résidents étaient partis en vacances ou célébraient Halloween dans le centre de Valmont-sur-Loing. Il se mit à pleuvoir. La silhouette qui sortit de la maison était protégée par une combinaison à capuche jetable jaune et des gants en vinyle bleu et portait un masque en latex au réalisme effrayant, à l'effigie de Walter White[1]. Juchée sur son vélo électrique, elle emprunta le chemin forestier qui longeait le hameau du Grand-Bois pour rejoindre la fête à laquelle elle était conviée.

1. Héros de la série *Breaking Bad*, qui raconte l'histoire de ce professeur de chimie atteint d'un cancer, reconverti en redoutable trafiquant de métamphétamine.

1

« La vanité est le sel de la vie. »

Jules Renard

Quinze jours plus tôt.

Allongée sur la méridienne du petit salon vert, au coin du feu, un plaid écossais sur les genoux, un mug d'earl grey et des shortbreads à portée de main, Alice Bonneville prolongeait dans sa maison de Valmont-sur-Loing son périple dans les Highlands, encore émerveillée par les vastes étendues de tourbe enveloppées de brume, les collines vert-de-gris, les lochs argentés, les montagnes pelées, les châteaux millénaires et, surtout, le viaduc de Glenfinnan, aussi grandiose qu'effrayant. Alice souffrait d'une légère forme de mégalophobie quand elle se tenait à proximité d'édifices majestueux.

Sa terreur ? Se retrouver sur un immense barrage hydroélectrique.

En ce moment, elle lisait *Bartleby le Scribe*, qu'elle avait réussi à inscrire au programme du mois du club de lecture, après une âpre bataille au cours de laquelle les partisans d'Herman Melville s'étaient opposés à ceux de John Grisham. *Bartleby le Scribe* avait l'avantage d'être nettement plus court que *La Firme*. Et puis elle devait finir *Northanger Abbey* – elle n'y parvenait jamais, en dépit de son goût prononcé pour les romans de Jane Austen. Elle s'endormait systématiquement au bout de quelques pages, abandonnant l'héroïne Catherine Morland à ses chimères gothiques. Elle se promit de s'y remettre une fois le Melville terminé, et de ne rien lâcher – un classique entamé se devait d'être lu jusqu'à la dernière ligne, même s'il fallait l'achever sur son lit de mort.

Sans savoir exactement pourquoi, alors qu'elle portait sa tasse de thé à ses lèvres, les images de ses premiers échanges avec Haroun Johnson surgirent des tréfonds de sa mémoire. Une rencontre mal embouchée, songea-t-elle.

Haroun avait ouvert quelques années auparavant un salon de thé à Valmont-sur-Loing, le London-Essaouira, en hommage aux patries d'origine de ses parents, le Maroc et le Royaume-Uni. En cet après-midi de la mi-juin, les températures ne dépassaient guère les 16 °C. Une goutte froide s'obstinait à camper au-dessus de l'Europe occidentale. Quelques bûches flambaient dans la cheminée, des photophores dorés brillaient sur les tables de ferme tandis qu'une enceinte diffusait du jazz. Déprimés par le temps maussade, les clients se pressaient chez Haroun pour trouver du réconfort dans cette atmosphère douillette.

Professeur d'anglais à la retraite, Monsieur Jean était heureux d'y lire le *Daily Telegraph* tout en marmonnant des commentaires acerbes sur la politique intérieure du Premier ministre travailliste. Et, pour conforter ses idées conservatrices et libérales, il parcourait ensuite le *Guardian*, laxiste et wokiste, selon ses termes – en somme, désespérément de gauche. Un bruit lourd avait soudain interrompu sa lecture.

À vrai dire, Alice n'avait pas fait une entrée discrète en trébuchant sur le tapis persan. Un *oh* général et des grimaces de douleur avaient accompagné le *plaf* de sa chute, mais nul ne se serait risqué à éclater de rire après avoir croisé son regard furibard. Étonnamment véloce pour un homme de quatre-vingt-trois ans, Monsieur Jean s'était précipité pour l'aider à se relever, suivi de près par Haroun, prompt à lui prêter main forte.

— Mais quelle idée de mettre un tapis à l'entrée ! avait pesté Alice en s'appuyant sur le bras du propriétaire du salon de thé.

Ce qu'Alice ignorait, c'est qu'Haroun avait été frappé par la beauté de ses yeux verts constellés d'éclats noisette et de sa chevelure auburn nouée dans un chignon faussement négligé. Elle sentait le chèvrefeuille.

— Je suis vraiment confus. C'est la première fois que ça arrive. Tout va bien, rien de cassé ?

— Tout va pour le mieux dans le meilleur des mondes ! Je me tape la honte devant vos clients et j'ai failli me fracasser le crâne contre le rebord de la cheminée, avait-elle grogné en époussetant son manteau à chevrons et sa jupe crayon vert amande.

— Je vous signale qu'elle est située à deux mètres de l'entrée, avait-il persiflé.

Alice l'avait toisé avec une notable absence de bienveillance.

— Je pourrais porter plainte pour négligence. La jurisprudence joue en ma faveur, avait menti l'ancienne professeure de droit pénal, qui n'avait pas la moindre idée de la jurisprudence en la matière.

— Puis-je vous offrir un thé et des pâtisseries pour me faire pardonner cette… *négligence* ?

Le visage d'Alice s'était radouci, révélant un sourire progressif en guise d'acquiescement. Haroun l'avait installée dans un fauteuil club, usé comme il se devait, et lui avait remis la carte. Elle l'avait parcourue, avait froncé les sourcils et lancé un regard noir à Haroun, comme s'il avait commis le pire des forfaits.

— Je ne trouve pas les Biscuits Bonneville.

— Je n'ai pas renouvelé le contrat de fourniture. Le fait maison, c'est la marque de fabrique d'un salon de thé digne de ce nom.

— Mais les Biscuits Bonneville ont toujours approvisionné cette maison ! Pourquoi un tel changement ? Ce sont des biscuits artisanaux de grande qualité.

— Ah bon ? Des biscuits artisanaux ? Dix tonnes de produits qui sortent de l'usine chaque année, vous appelez ça des biscuits artisanaux ?

— Les ingrédients sont naturels, sans additifs ni colorants. D'après une recette transmise depuis des siècles !

— Depuis des siècles ? L'entreprise a été créée en 1990. Pas d'additifs, peut-être, mais ils ne sont pas artisanaux. C'est de l'authentoc, avec ce packaging vintage et cette image de mamie gâteau tout droit sortie de la préhistoire !

Alice avait secoué la tête, un missile prêt à le bombarder du regard. Elle n'en revenait pas. Oser critiquer le fruit du labeur de son défunt mari Georges… Pour qui se prenait ce type qui, pour ne rien arranger, était tout à fait son style ? Calme-toi, s'était-elle dit. Respire profondément. Cohérence cardiaque. Cinq expirations, cinq inspirations. Contrôle ton envie de lui lacérer le visage avec le tisonnier. Fais remonter à la surface le côté bien élevé de ton éducation.

— Il se trouve que cette mamie gâteau que vous méprisez était la grand-mère de feu mon époux, le fondateur des Biscuits Bonneville. Mamie Henriette, dit-elle en essayant de mettre des trémolos dans sa voix.

Haroun l'avait dévisagée.

— Mamie Henriette ? Vraiment ?

— Oui… Mamie Henriette…

— Vous êtes quand même au courant que votre Mamie Henriette est une pure invention ? C'est un ancien copain de fac qui en est à l'origine. Il était stagiaire dans l'agence de pub qui a lancé la marque.

— Peut-être, mais Mamie Henriette est inspirée de sa grand-mère ! s'était-elle offusquée, prête à vraiment empoigner le tisonnier pour défendre la mémoire de son Georges.

— Allons, allons, vous allez nous faire une attaque si vous continuez à vous énerver comme ça. Après votre chute, ce n'est pas une très bonne idée, avait-il dit pour détendre l'atmosphère. Qu'est-ce que je vous offre ? Un sablé à l'orange, notre spécialité ? Ça vous fera du bien.

— Non, rien, je vous remercie, je vous souhaite une excellente fin de journée, avait-elle rétorqué en se levant et en claquant la porte.

Oui, une première rencontre vraiment mal embouchée, songea Alice. Quel chemin parcouru depuis… Haroun était devenu son meilleur ami, la seule personne qu'elle osait déranger à 3 heures du matin pour qu'il la débarrasse d'une araignée velue ou pour commenter un film qu'ils avaient vu dans leurs lits respectifs tard dans la soirée.

Son téléphone vibra. SMS d'un numéro inconnu.

Bonjour, madame Bonneville, c'est Quentin Duval, votre neveu m'a donné votre contact. J'anime et je produis des émissions de télé. Je vous suis depuis l'affaire Paul Faye et serais ravi de rencontrer l'enquêtrice hors pair que vous êtes pour vous parler d'un projet qui me tient à cœur. Seriez-vous libre demain après-midi ? À l'Hôtel Joséphine, à Fontainebleau ? Très cordialement, QD.

Quentin Duval… Alice ne regardait pas souvent la télé, mais elle connaissait son nom. Elle avait déjà vu son émission une fois ou deux, « Incontournable », le programme à la mode que tout le monde rêvait de faire – même son neveu Arthur y était passé après le succès de ses vidéos de psychologue clinicien sur YouTube. Intriguée, elle accepta l'invitation.

*

Installée dans le jardin d'hiver du bar du palace, un ancien hôtel particulier du XVIIe siècle, réputé pour ses pâtisseries sophistiquées et son immense lustre en cristal de Baccarat qui surplombait le lobby, Alice consulta pour la dixième fois son portable. Quentin Duval était en retard de vingt minutes. Il fit enfin son apparition en lui adressant un petit signe de la main, avec un sourire sincèrement désolé. Il était plus grand et surtout beaucoup plus beau qu'à l'écran. Elle fut d'abord frappée par la perfection de son blond vénitien, sublimé par une coiffure où les boucles semblaient sculptées par un maître marbrier, puis par les différentes nuances de bleu de ses pupilles, allant du bleu roi jusqu'au bleu turquoise.

— Veuillez pardonner mon retard, j'avais mille choses à régler. Je pars bientôt en vacances à la Martinique. Je suis vraiment confus, s'excusa-t-il en lui serrant la main.

— Ne vous inquiétez pas, j'ai eu le temps d'écrire un roman policier en vous attendant.

— Et en plus, vous êtes drôle. Alice Bonneville, je vais faire de vous la star des criminologues ! déclara-t-il en se calant dans le fauteuil en velours et en se frottant les mains.

— Vous savez que je suis à la retraite et que je dirige une entreprise de biscuits…

— Vous avez pourtant brillamment résolu l'affaire Paul Faye ! D'ailleurs, nous avons un point commun : Inès Goya. Grâce à elle, ma maison est parfaitement tenue. Elle ne tarit pas d'éloges sur vous.

— C'est une femme formidable, qui a vécu des choses difficiles, comme vous le savez. Eh bien, venons-en au fait, que me vaut le plaisir de rencontrer une telle célébrité ? demanda-t-elle avec une pointe d'ironie, au moment où un serveur venait prendre leur commande.

— Je pense que les présentations sont inutiles, vous avez eu le temps de me googliser, reprit-il de façon immodeste. Voilà, je produis une nouvelle émission consacrée aux faits divers et j'aimerais que vous deveniez notre experte. Vous êtes une professeure en sciences criminelles respectée. Inattaquable. Impossible de deviner si vous êtes de droite ou de gauche, sécuritaire ou laxiste, réactionnaire ou wokiste. Vous êtes une allégorie de la nuance. Vous êtes rassurante, pédagogue. Pas complaisante tout en attirant la sympathie. Vous savez faire preuve de sévérité quand il le faut. Et puis, ce n'est pas négligeable, vous passez très bien à l'antenne. Une beauté classique où l'on sent couver le feu de la passion ! Vous me faites penser à Grace Kelly dans les films d'Hitchcock. Bref, vous êtes *broadcast*, comme on dit dans notre métier.

Alice affichait un visage impavide. Intérieurement, elle jubilait. Cette remarque lui rappela ses rendez-vous avec Georges, au même endroit, il y a une vingtaine d'années, chambre 117, toujours la même. Pour pimenter leur vie sexuelle, elle jouait les Grace Kelly et lui les Cary Grant, façon remake érotique de *La Main au collet*.

— Je vous remercie de ce portrait beaucoup trop flatteur pour être sincère…

— Je suis navré de vous couper, Alice – vous permettez que je vous appelle Alice ?

Elle acquiesça d'un subtil hochement de tête, à la manière d'une impératrice du Japon.

— J'ai un milliard de défauts, je le sais, mais j'ai au moins une qualité, la sincérité. Croyez-moi sur parole, ça m'a souvent coûté. Une émission de faits divers n'est solide que si elle repose sur un présentateur crédible, à la réputation sans tache, au casier judiciaire vierge, jamais soupçonné de pédophilie, de fraude fiscale ou de je-ne-sais-quoi. Et sur une experte de votre trempe. Je pense à vos interventions sur les chaînes d'info ou à la radio. Il suffit que vous ouvriez la bouche pour mettre une claque à tous les spécialistes autour de la table. Vos analyses psychologiques et juridiques, vos références à la jurisprudence… Personne ne vous arrive à la cheville. Pas même cet abruti de Pinson. Insupportable. Désolé si c'est votre ami, mais ce type est infect. Je vous le dis droit dans les yeux : je vous veux dans mon émission. Ou bien elle ne se fera pas.

Il avait touché un point sensible. Pinson. Son ennemi juré à la fac de droit, jusqu'au Jugement dernier. Ce Quentin Duval visait juste.

— Mais qu'attendez-vous de moi exactement ?

— Que vous validiez la narration du documentaire et que vous interveniez en plateau pour nous éclairer sur certains points de l'enquête criminelle et du procès. L'idée, c'est de mieux comprendre la personnalité de l'assassin, sans oublier le contexte sociopolitique de l'affaire. Bref, de mettre au jour la matrice qui conduit un individu à commettre l'irréparable.

— Rien que ça ! Et vous voudriez aussi que je prédise si le criminel est capable de récidiver ?

— Ce serait génial, en effet ! répondit-il au premier degré.

Cet homme beau et intelligent lui faisait bonne impression. S'il fait appel à moi, c'est qu'il désire vraiment donner un gage de sérieux à son projet, se réjouit-elle.

— Mais rassurez-moi, ça n'a rien à voir avec « Assassins » ? Cette émission me donne envie de vomir. Vous vous rendez compte, ce type condamné pour corruption de mineurs qui présente un programme de fait divers, avec la complicité de ce Pinson, prêt à toutes les compromissions pour passer à la télé ? C'est tellement glauque et racoleur qu'on a envie de prendre une douche après avoir regardé une merde pareille. Désolée d'être grossière, mais c'est tout ce que m'inspire ce show.

Quentin Duval la regardait avec satisfaction.

— Mon but, c'est de proposer exactement l'inverse. À la fin de l'émission, je veux que le téléspectateur, tout en condamnant les faits et l'abjection du comportement criminel, comprenne la mécanique qui conduit au pire. Comprendre sans…

— … juger. Simenon, évidemment. Je suis assez étonnée par la noble vision que vous avez du fait divers. Et plutôt séduite par votre offre, minauda-t-elle.

Elle s'interrompit pour saluer d'un geste amical une vieille connaissance qui venait de s'attabler au fond de la salle, un médecin légiste à la retraite au visage lisse et enfantin, accompagné d'une jeune quinquagénaire sublime qui n'était pas son épouse.

Quentin Duval avait commandé une orange pressée, une part de tarte au citron et un brownie. Une silhouette musclée, pas un gramme de graisse en trop, remarqua-t-elle, et un goût du sucre sans culpabilité et apparemment sans conséquence. Depuis son retour d'Écosse, Alice avait perdu sept kilos, le fruit d'un rééquilibrage alimentaire et de quinze mille pas par jour minimum en forêt ou au bord du Loing. Accablée du péché de gourmandise, elle s'était mise à préparer des biscuits moins gras et moins sucrés, comme les short-breads d'hier soir, à base de poudre de noisette et de sucre de coco. Et puis, elle avait appris à manger lentement, en pleine conscience, elle qui détestait méditer ! Alice se sentait rajeunie, en excellente forme, l'esprit vif et la libido dans le même état. Elle avait changé de style, à la fois sophistiqué et naturel. Un oxymore vestimentaire qui lui allait à merveille. D'ailleurs, Quentin Duval ne l'avait-il pas comparée à Grace Kelly ? Il la dévisageait en souriant. En bon maquignon, il reniflait les gens qui allaient lui faire gagner beaucoup d'argent.

— Bien évidemment, votre prix sera le mien.

— Je n'ai pas vraiment besoin d'argent. En revanche, j'aimerais que vous avanciez avec Arthur. Il m'a dit que vous lui aviez proposé de produire ses vidéos.

— C'est en cours, je vous le promets. Mon directeur de production évalue le budget. C'est une question de jours.

Elle jeta un coup d'œil à sa montre.

— Je dois hélas filer. N'hésitez pas à m'envoyer le projet par mail. Je vous donnerai ma réponse rapidement. Et surtout, n'oubliez pas Arthur.

Elle se leva et lui tendit la main.

— Le titre de l'émission ?

— « Alice Bonneville présente ».

— Carrément, façon « Alfred Hitchcock présente » ? dit-elle en riant. Je vais commencer à me la raconter si vous continuez comme ça !

2

« Le bonheur de l'homme, ce n'est pas la liberté,
c'est l'acceptation d'un devoir. »

André Gide

Plus tard dans la soirée, Quentin Duval lui envoya le projet détaillé du pilote et une vidéo de présentation. Alice était séduite par l'architecture générale de l'émission, le ton de la narration, le choix des affaires criminelles, l'angle sociologique et psychologique, le décor sobre et chaleureux, le soin apporté à la photographie. Elle lui donna son accord dès le lendemain matin. Pour la remercier, il l'invita à déjeuner chez lui, à son retour de la Martinique.

Elle avait envie d'embrasser le monde. Elle descendit les quelques marches qui menaient à la cuisine, vaste pièce décorée dans le style maison de campagne anglaise.

Derrière la baie vitrée en forme d'ogive, de gros nuages déversaient une pluie épaisse et froide. Juché sur un tabouret face à l'îlot central, Arthur portait un pyjama rayé rouge et or, remuant sans conviction son mug de café froid. Son regard indiquait un désir irrépressible de se rouler en boule dans son lit toute la journée.

— Qu'est-ce qu'il t'arrive ? Depuis que je suis rentrée d'Écosse, j'ai l'impression de côtoyer ton double dépressif. Tu travailles trop, je te l'ai déjà dit ! Prends des vacances loin d'ici. Tu pourrais partir une semaine au soleil. Pourquoi pas à La Réunion ou à l'île Maurice ? Je t'offre le voyage. Ce sera ton cadeau de Noël.

Arthur continuait à remuer son café, le visage fermé.

— C'est le projet avec Quentin Duval qui te tracasse ? Ne t'inquiète pas, je l'ai vu hier. Il me propose de travailler avec lui sur une nouvelle émission de faits divers. Ça a l'air très solide, dit-elle sur un ton enjoué. Je lui ai aussi parlé de toi, c'est une question de jours, il me l'a promis.

— Hum…

— Enfin, Arthur, raconte-moi ce qui ne va pas !

De longues secondes s'écoulèrent avant qu'il ne consente à lui répondre. Il tourna la tête vers la fenêtre et contempla le ciel gris foncé, baissa les yeux sur sa tasse et caressa ses cheveux blonds plaqués en arrière.

— C'est au sujet de papa et maman.

Il sortit une enveloppe bleue de la poche de sa veste de pyjama et la lui tendit. Elle chaussa ses lunettes et lut le papier au grammage épais :

Je sais qui a tué vos parents.

Sept mots. Une lettre manuscrite à l'écriture déliée.

— Quand l'as-tu reçu ? dit-elle en cherchant le cachet de la poste.

— Quand tu étais en Écosse. C'est comme si j'avais reçu un uppercut. Quel genre de connard a pu glisser ça dans la boîte aux lettres ?

— Pourquoi une lettre anonyme *manuscrite* ? pensa-t-elle à voix haute, en se remémorant les lettres de ce type dans les affaires criminelles. En général, les corbeaux envoient plutôt des courriers dactylographiés. Ou à l'ancienne, en découpant des lettres dans un journal.

— Et pourquoi m'envoyer ça dix ans après l'accident ?

— Un homicide routier, pas un accident. J'ai suffisamment bataillé en commission parlementaire pour qu'on utilise la bonne qualification pénale. Un camion a percuté la voiture de tes parents et s'est enfui à toute vitesse. C'est un crime routier, avec circonstances aggravantes.

— Le résultat est le même.

— Bien sûr, mais un homicide involontaire n'a pas exactement la même symbolique qu'un homicide routier.

— Soit. Mais pourquoi m'envoyer un truc pareil ? Pour raviver un traumatisme et me torturer mentalement ? C'est réussi.

— Parce que c'est la date anniversaire de la mort de tes parents, tout simplement.

Alice relut le mot.

— Au bout de dix ans, cette personne éprouve le besoin de se décharger d'un poids, c'est évident.

— Je conseille souvent à mes patients d'écrire, de tenir un journal pour soulager leur conscience, amortir un traumatisme, se délester d'émotions désagréables.

— J'aurais dû le faire après la mort de ton oncle. Parler seule à voix haute, ça produit le même effet cathartique ? Ou suis-je complètement dingue de parler avec lui comme s'il était toujours à côté de moi ?

— Non, tu es juste à moitié dingue, lui répondit-il en souriant.

— Je préfère te voir sourire. Tu me rappelles ta mère quand tu t'illumines comme ça, dit-elle en le serrant contre elle. Je vais t'aider à résoudre ce mystère, je te le promets. La bonne nouvelle, c'est que quelqu'un, quelque part, sait quelque chose. Allez, habille-toi. Tu as des patients, ce matin ?

— Oui, un chef d'entreprise, la cinquantaine. Il vient de découvrir que sa femme le trompe.

— La routine. Je vais me balader en forêt.

— *Yes*, Tatie Alice.

— Je t'en ficherai, des « tatie ». File.

Une heure plus tard, Arthur recevait Alexandre DeWitt dans son cabinet, une dépendance au fond du jardin, à proximité d'un imposant massif d'hortensias qui avait perdu son rose fuchsia. Une entrée indépendante, insérée dans le mur d'enceinte, permettait d'y accéder sans passer par la maison. Rasé de frais, douché et parfumé, Arthur portait un jean brut et une chemise blanche aux manches retroussées, laissant apparaître des bracelets en perles multicolores et des tatouages – un jeu de dés et trois cartes à jouer, un as de pique, une dame de cœur et un joker, mis en valeur par des avant-bras imberbes, naturellement hâlés, héritage de son père, quarteron de La Réunion.

Installé à son bureau, Arthur remplissait un formulaire, tout en caressant de l'autre main un éléphant en bronze de l'ère Meiji qui semblait se moquer de la vanité humaine. Face à lui était assis un homme grassouillet, à la chevelure épaisse, au visage glabre et mou, un homme qui pouvait sembler insignifiant au premier abord, si ce n'était ce regard mélancolique qui lui conférait une certaine profondeur. Arthur le fixait droit dans les yeux, comme s'il était l'homme le plus important du monde.

— Monsieur DeWitt, c'est donc le Dr Almani qui vous envoie.

Son patient acquiesça.

— Dans son courrier, il indique une prescription d'antidépresseurs et d'anxiolytiques. En dépit du traitement, vous ressassez une rupture difficile, c'est pour cela qu'il vous a recommandé une psychothérapie. Si vous le souhaitez, nous pouvons nous installer près de la fenêtre, lui dit-il en indiquant deux fauteuils vert forêt.

L'homme sembla hésiter, comme si on lui avait demandé de trancher une bonne fois pour toutes le grave débat du clafoutis à la cerise, avec ou sans noyaux, puis il prit place du côté de la vue sur le massif d'hortensias. Arthur lui proposa quelques chocolats posés sur la table basse en verre. Alexandre DeWitt observa (très) longuement la glycine au feuillage jauni qui se déployait sur le mur en pierre de tuffeau. Arthur n'osa pas l'interrompre, lui laissant le temps de rassembler son courage pour raconter son histoire. L'homme prit une profonde inspiration, comme s'il s'apprêtait à sauter en parachute.

— En effet. Nous sommes mariés depuis quinze ans avec Charlotte. Nous nous sommes rencontrés au travail, rien de très original. Au début, j'avais érigé un mur entre elle et moi. J'étais son patron, elle travaillait au service marketing. On se voyait lors de réunions. Je la croisais parfois à la cantine même si j'y mangeais rarement. Avant, quand j'y allais, c'était surtout pour montrer que j'étais un patron proche de ses salariés. Mais après son arrivée, c'était surtout dans l'espoir de tomber à nouveau sur elle. Elle était d'une classe folle. Sa beauté ? Comment vous dire ? Rassurante. Une beauté rassurante, pas intimidante. Je crois qu'à l'époque, Charlotte ne se rendait pas compte d'à quel point elle était magnifique. Ses yeux caramel, ses cheveux noirs rassemblés en queue-de-cheval, ses lèvres rose pâle. Et mon Dieu, ce rire sincère, tellement naturel… Des vitamines du bonheur. En tant que chef d'entreprise, je sais reconnaître les rires forcés, les rires hypocrites, tous ces rires qui me dégoûtent profondément. Non… Elle, ça venait du cœur. Et je ne vous parle pas de son sourire. Un sourire qui révélait la qualité de son âme. Le même que celui des bébés, vous voyez ? Je crois que c'est vraiment ça qui m'a rendu dingue d'elle. Plutôt que sa beauté, c'est sa belle âme qui m'ébranlait. Je ne me sentais pas à la hauteur, moi qui suis obligé de prendre de sales décisions tout le temps. Mentir, manipuler, trahir pour mener à bien mes affaires.

Il but une gorgée d'eau en regardant le meuble de métier où Arthur classait ses dossiers. Au-dessus, une affiche de *La Machine à explorer le temps.*

— Bref, de fil en aiguille, nous nous sommes rapprochés. La barrière que j'avais érigée a cédé lors d'une banale soirée d'entreprise. Nous avions bien ri en dansant sur du Queen et du Abba. Elle était épatée par mes talents cachés. C'est difficile à imaginer en me voyant, mais croyez-moi, je suis un très bon danseur, c'est l'une de mes rares qualités. Dix ans de cours, c'est comme le vélo, ça ne s'oublie jamais. Quelques semaines après cette soirée, nous sommes sortis ensemble. En cachette d'abord. Et puis, quand elle s'est installée chez moi, elle a démissionné. Nous nous sommes mariés un an plus tard, avec tout le tralala, mes parents y tenaient. Mariage en grande pompe dans un manoir normand. Elle a tenu à ce que nous fassions un contrat de mariage, pour prouver qu'elle ne se mariait pas avec moi pour mon argent. Communauté réduite aux acquêts. Ça me convenait. Nous étions heureux, trois enfants, une maison en meulière à Thomery, un immense jardin et les réceptions qui vont avec. Après la naissance du troisième, elle a repris un travail de consultante, en free-lance. Elle est aussi bénévole dans une association de réinsertion.

Alexandre DeWitt s'interrompit quelques secondes, comme si le souvenir des jours heureux était trop douloureux pour continuer. Il but une gorgée du verre d'eau posé près du fauteuil et poursuivit son récit :

— Et puis, petit à petit, j'ai eu l'impression qu'elle s'ennuyait avec moi. Je ne pourrais pas vous dire à partir de quand exactement. Mais je la sentais moins investie, elle qui proposait toujours que nous fassions mille choses ensemble, elle semblait moins… Comment vous dire ? Moins présente. En retrait. Comme si elle était devenue spectatrice de notre couple. Comme si elle observait deux poissons rouges tournant en rond dans un bocal.

— Il vous arrivait de vous disputer à cette époque ?

— Non, pratiquement jamais. Des chamailleries du quotidien, rien de grave. Il y a toujours eu du respect entre nous. Jamais d'insultes, d'humiliation. Et puis…

Il fit une pause pour rassembler ses idées, le visage plissé comme s'il avalait avec difficulté un médicament au goût amer. Arthur le regardait avec une grande attention.

— Et puis un matin, impossible de retrouver les clés de ma voiture. Charlotte prenait sa douche, c'était à mon tour de déposer les enfants à l'école. J'ai fouillé dans son sac à main. Je précise que je ne le fais jamais. Pas de clés. Et là, je ressens un choc en tombant sur une montre qui n'est pas la sienne. Ni la mienne. Une montre hors de prix. Une Jaeger-Lecoultre, argentée. La Master Control Geographic, ajouta-t-il.

Arthur acquiesça comme s'il était un connaisseur.

— Un modèle à 16 000 euros. Un modèle pour homme. Celui que j'avais offert à mon associé pour ses cinquante ans. Imaginez le choc. Voir sa montre à *lui* dans son sac à *elle* ! Elle n'avait rien à foutre là ! s'emporta-t-il, hors d'haleine, comme s'il revivait le traumatisme de la découverte.

— J'imagine ce que vous avez ressenti, répondit Arthur en versant de l'eau dans son verre.

DeWitt l'avala d'un trait.

— La nausée, les jambes qui flanchent. Plus de sang dans les veines. Je n'arrivais plus à respirer. Une impression d'irréalité, je ne vous apprends rien. La sensation d'abandonner une vie éclairée par la douce lueur des bougies pour la lumière crue des néons. La réalité de l'infidélité. Laide et dévastatrice. Et les gamins qui sont là, prêts à partir à l'école, et qui vous regardent d'un drôle d'air : « Ça va papa ? » Non, papa ne va pas bien du tout. Papa n'a qu'une envie : prendre sa bagnole, se barrer très loin et se jeter dans un ravin.

— Vous aviez des envies suicidaires, à ce moment-là ?

— Mais non, répondit-il, agacé, c'est une manière de vous dire que j'étais anéanti.

— Pourquoi avez-vous pensé à une infidélité ?

— Parce que mon associé ne quittait jamais sa montre et qu'il ne l'avait pas à son poignet depuis deux jours. Ni la veille ni l'avant-veille. Quand je lui en avais fait la remarque, il m'avait répondu du tac au tac qu'il l'avait oubliée sur sa table de chevet. Ce n'est pas du tout son genre d'oublier des choses. C'est un hypermnésique qui fait des check-lists toute la journée.

Sur son visage se lisait une rage prête à éclater sous la forme d'un crime pulsionnel.

— Qu'avez-vous fait ensuite ?

— Eh bien, j'ai repris mes esprits, j'ai déposé les enfants à l'école et je suis parti au bureau, comme si de rien n'était.

— Vous avez discuté avec votre femme de votre découverte ?

— Non, j'ai embauché un détective privé. Le soir, j'ai refouillé dans son sac, la montre n'y était plus. Ce fumier la portait à son poignet le lendemain matin. Si vous saviez les envies de meurtre qui ont traversé mon esprit.

Arthur opina, l'air faussement blasé.

— Le détective privé a confirmé vos soupçons ?

— À votre avis ? Il m'a montré les photos à la sortie de leur rendez-vous à l'Hôtel Joséphine. Ils faisaient attention à ne pas être vus ensemble. C'était tellement cliché. Bref. Je n'arrête pas de ressasser tout ça. Faire comme si de rien n'était, ça tue à petit feu…

— Mais pourquoi n'en parlez-vous pas à votre femme ?

— Figurez-vous que je l'aime toujours et qu'il est hors de question de faire exploser ma famille en vol. Tout détruire à cause d'une infidélité ? Jamais ! Je suis un enfant du divorce. Je ne m'en suis jamais vraiment remis. Et ma vision du couple a été structurée par cette séparation. Dans un coin de ma tête, je savais que son infidélité arriverait un jour, tôt ou tard. Oui, mais quand ? Cette pensée me hantait en permanence, comme le petit pois sous le matelas de la princesse. Ça ne quittait jamais mon esprit. Les moments de bonheur ? Gâchés par la perspective inéluctable de la fin ! J'ai toujours anticipé le moment où notre équilibre familial éclaterait en mille morceaux. Dès le début d'une histoire d'amour, j'ai toujours à l'esprit le crash final.

— Je vous félicite, monsieur DeWitt, peu de personnes sont capables d'un tel degré de lucidité. Regarder le réel, souvent répugnant, en face, sans baisser les yeux, c'est une qualité rare. Mais il est possible de renverser la perspective. Vous voyez la fin dès le début, et vous êtes prêt à sacrifier l'infidélité de votre femme sur l'autel de votre bonheur familial, très bien. Et si vous acceptiez *vraiment* cette infidélité, sans condition, pour l'épanouissement de votre femme ? Aimer de façon inconditionnelle, c'est accepter que l'autre soit heureux, même sans vous, et surtout sans vous. Si votre femme n'est pas heureuse, vous ne pourrez jamais l'être. C'est difficile à accepter, j'en suis bien conscient. Et dans votre cas, elle est heureuse dans les bras d'un autre, sans vouloir vous quitter. Elle s'ennuie peut-être, mais vous aime-t-elle toujours ?

Alexandre DeWitt l'écoutait comme s'il découvrait enfin les secrets de la présence humaine sur Terre.

— Oui… je crois qu'elle m'aime encore. Nous continuons à être tendres, à nous embrasser, à faire l'amour. Pas assez souvent à mon goût, je vous l'accorde, mais je ne sens jamais la moindre répulsion quand je la touche.

— C'est délicat à entendre, mais je crois vraiment que personne n'appartient à personne, même quand les liens du mariage reposent sur la fidélité. Si, pour vous, le plus important, c'est de préserver votre famille, votre couple, alors il faudra peut-être vous résoudre à ce que votre femme ait une existence parallèle. Sans vous.

À condition seulement qu'il s'agisse d'une acceptation radicale de la situation. Et il faudra aussi accueillir une blessure narcissique qui cicatrisera sans doute avec le temps. Je le répète, son bonheur ne passe pas seulement par vous.

— Et si elle tombait amoureuse, si elle me quittait pour lui ?

— Pour l'instant, elle est encore à vos côtés. Il va falloir que vous lui pardonniez cette infidélité. Un pardon total, sans condition. Pas un demi-pardon, le genre de pseudo-pardon qu'on utilise pour tenir l'autre en laisse.

— Je dois donc lui dire que je suis au courant ?

— Non, je vous conseille plutôt de rédiger une lettre que vous ne lui enverrez jamais. Une lettre que vous mettrez en lieu sûr. La preuve écrite de votre pardon que vous pourrez relire à votre guise dans les moments où vous ressassez cette histoire.

Alexandre DeWitt observait une pie qui trottinait sur le gazon fraîchement tondu, en toute quiétude, avant l'arrivée soudaine d'un chat marbré blanc et roux, prêt à bondir sur sa proie. L'oiseau échappa de peu aux griffes du félin.

— Je n'avais pas vu les choses sous cet angle. Merci. Vraiment. Je vais réfléchir à tout ça, à tête reposée.

— Je vous propose de nous revoir la semaine prochaine. Hum... Pourquoi pas le 27 octobre, à 10 heures, ça vous irait ?

Alexandre DeWitt consulta son agenda, opina, tendit un billet de cent euros et lui serra la main, une poignée qui disait son soulagement et sa reconnaissance.

Au même moment, Alice marchait à toute vitesse en forêt de Fontainebleau, empruntant d'abord la route des Sablons avant de bifurquer vers la route Medicis, où la végétation rousse avait pris ses quartiers d'automne. Un vent glacé et une pluie fine giflaient son visage, mais cela ne la dérangeait pas de marcher dans des conditions météo aussi pourries, car elles lui rappelaient son voyage en Écosse. Au loin, en plissant les yeux, elle aperçut un chevreuil puis, quelques minutes plus tard, des lièvres qui traversaient une lande bordée de bruyères et de vipérines. Par chance, pour ces animaux croisés en chemin, ce n'était pas un jour de chasse.

Après un déjeuner léger, une salade de riz et de quinoa – il y a deux mois, elle se serait giflée à l'idée de manger ce genre de salade – et une poire au four nappé de chocolat noir fondu, elle se rendit au siège de son entreprise pour assister à la réunion stratégique mensuelle, l'esprit vagabond, loin des graphiques et des tableaux Excel que son équipe de direction lui infligeait. Elle préférait imaginer les tenues qu'elle porterait lors du premier tournage d'« Alice Bonneville présente ».

3

« La peur est le chemin vers le côté obscur,
la peur mène à la colère.
La colère mène à la haine.
La haine mène à la souffrance. »

Maître Yoda

Onze jours plus tard.

Valmont-sur-Loing s'apprêtait à fêter Halloween, les rues et les commerces étaient parés de noir et d'orange, de fausses toiles d'araignées, de citrouilles évidées, de masques de sorcière à chapeau pointu et de squelettes en plastique, chaque boutique rivalisant d'imagination pour proposer la décoration la moins originale possible. À l'inverse, le London-Essaouira n'arborait aucun ornement horrifique sur sa devanture, hormis quelques photophores en forme de crâne posés sur les tables, des vanités qui rappelaient l'inexorable dégringolade vers le néant.

Assise sur le vieux canapé deux places en velours, Alice sirotait sans enthousiasme un jus de citron au gingembre non sucré aux supposées vertus hépatiques. Elle détestait ce goût amer et brûlant, mais c'était pour la bonne cause : régénérer son foie, qui n'en avait pourtant pas besoin puisqu'il se détoxifiait tout seul comme un grand, sans l'aide d'adjuvant. Après avoir essayé les dégoûtants jus de bardane, d'artichaut et de radis noir, Alice entrait dans sa phase gingembre-citron.

— Vous auriez du miel, Haroun, s'il vous plaît ? demanda-t-elle, comme si elle venait d'avaler une gelée laxative.

— Madame est servie. Au fait, où en est ce projet d'émission ?

— J'ai rendez-vous après-demain avec Quentin Duval. J'ai donné mon accord de principe, j'attends les détails. Il est revenu de ses vacances à la Martinique. Il m'a envoyé un SMS, il est rentré à Valmont cet après-midi.

— Vous lui demanderez un autographe pour mon fils ? Il est complètement fan.

— Je n'ai jamais bien compris cette manie de quémander des autographes, répondit-elle en faisant la moue.

— Vous vous déguisez en quoi ce soir ? Je vous verrais bien en Mercredi Addams, comme la boulangère.

— Une femme de son âge habillée en gamine, c'est déjà assez flippant en soi pour que je fasse pareil. Et puis il faudrait que je déniche une robe en tulle noire et une perruque avec des tresses.

Elle observait Haroun avec la minutie d'un entomologiste.

— Hum… Je vous verrais bien en Batman. J'ai repéré un type déguisé comme ça tout à l'heure dans la rue. Il flottait dans son costume et son menton était fuyant, rien n'allait. À côté de lui, votre mâchoire est bien plus batmanienne, carrément carrée !

Haroun souriait. Elle est plus belle que jamais, songea-t-il en reprenant la coupelle de miel. Il inspira profondément son odeur de chèvrefeuille. Depuis son retour d'Écosse, elle semblait avoir quitté les rives du deuil pour embarquer sur celles de la Nouvelle Histoire d'Amour. Tenues et coupe de cheveux à la mode, régime amincissant, même s'il affectionnait ses anciennes formes. Il aimait Alice de moins en moins platoniquement, mais il n'était pas encore prêt à écrire un nouveau chapitre sentimental – ni sexuel d'ailleurs –, car il restait au milieu du gué, avec la sensation qu'une ancre lestait son élan amoureux. C'était plus fort que lui, il avait toujours été un homme de peu d'initiatives.

— Quoi qu'il en soit, ce Quentin Duval est un homme de parole. Il avait promis à Arthur une réponse dans les meilleurs délais, et c'est fait. Arthur a signé un partenariat de production en début de semaine. Et dans des conditions très favorables pour lui. Il devient coproducteur, avec des moyens financiers importants pour développer ses vidéos.

— Il faudra qu'Arthur tourne un jour un truc sur les veufs comme nous. Comment faire le deuil après la mort de l'amour de sa vie, comment s'autoriser à aimer à nouveau, comment faire quand on reste lié à la personne à jamais perdue ?

Désarçonnée par cette remarque inattendue, Alice le toisait, comme s'il avait énoncé une vérité dérangeante. En parlant de « veufs comme nous », il venait de faire éclater la bulle de savon qu'ils s'amusaient à se renvoyer avec légèreté. Pourquoi alourdir l'atmosphère en rappelant leurs veuvages respectifs ? *Veuvage*, quel horrible mot, il lui rappelait les dames vêtues en violet ou en noir de son enfance, portant les couleurs du deuil ou du demi-deuil jusqu'à leur mort, sans espérer, ou pire, sans s'autoriser la moindre renaissance amoureuse. Haroun avait formulé de façon beaucoup trop crue, beaucoup trop directe, l'état émotionnel dans lequel il s'enlisait. Pour sa part, elle avait décidé depuis peu et de manière assez radicale, elle en convenait, d'aller de l'avant. Son cœur cicatrisait, enfin disposé à une nouvelle relation et, pourquoi pas, à explorer des voies nettement plus érotiques avec Haroun. Mais il n'était pas prêt pour une love story ou une partie de jambes en l'air, embourbé dans l'idéalisation de son passé conjugal et dans un spleen de basse intensité qui ne le quitterait probablement jamais. Désespérant ! Alors, oui, c'est vrai, elle continuait à parler à Georges, le soir, avant de se coucher, et elle avait conservé cette habitude même après ce récent voyage initiatique avec sa fille dans les Highlands, un périple qui l'avait profondément transformée, un big bang existentiel, source d'une nouvelle vitalité psychique, physique et spirituelle. Ce qui avait changé, c'est qu'elle s'adressait à lui sans tristesse, avec gaieté même, comme si elle dialoguait avec un vieil époux bienveillant qui aurait pris les traits d'un maître zen veillant à sa destinée, façon maître Yoda.

Alice Bonneville arbora le masque souriant qu'elle avait quitté un quart de seconde, ne laissant pas à Haroun le temps d'apercevoir son bref désenchantement.

— Même avec du miel, je ne m'y fais pas, dit-elle en reposant son verre. Au diable la détox, je vais prendre un darjeeling et un scone, ajouta-t-elle en montrant l'assiette sous cloche posée sur le comptoir.

— Chocolat et noix de pécan, précisa-t-il d'un ton enjoué.

Le téléphone d'Alice vibra. C'était Quentin Duval.

Hello chère Alice, peut-on transformer notre déjeuner en petit-déjeuner tardif ? Je dois retourner à Paris plus tôt que prévu.

Oui, pas de problème, 11 h 30 ?

Parfait, à lundi ! Je vous envoie mon adresse.

— Ça m'arrache encore une fois la bouche de vous le dire, admit Alice, mais vos scones sont parfaits. Un peu trop sucrés pour moi, peut-être. Au fait, pour notre film d'Halloween, ça vous dit *Les Tueurs de la lune de miel* ?

— Jamais vu. Je vous fais confiance.

Regarder ensemble un film terrifiant était devenu une tradition la nuit d'Halloween, et ils s'autorisaient ainsi à faire des infidélités, le temps d'une soirée, à leurs habituelles comédies hollywoodiennes, les comédies de l'âge d'or, les comédies d'Howard Hawks, de Leo McCarey, d'Ernst Lubitsch ou de Joseph Mankiewicz. Des comédies sophistiquées, insolemment brillantes, qu'ils voyaient et revoyaient sans jamais se lasser, découvrant chaque fois des subtilités et des détails inédits, connaissant certaines répliques par cœur comme dans *Indiscrétions*, se prenant tour à tour pour Katharine Hepburn, Cary Grant ou James Stewart.

Alice Bonneville quitta Haroun, un peu douchée par ses questionnements existentiels. Elle qui espérait qu'il se passe enfin quelque chose à l'issue de leur soirée cinéma, c'était raté ! L'effervescence et la gaieté qui régnaient dans les rues de Valmont-sur-Loing lui mirent néanmoins du baume au cœur. Halloween créait du lien et de la joie entre les habitants qui rivalisaient de créativité dans leurs déguisements. Alice n'était pas du genre à pester contre l'importation d'une fête anglo-saxonne en France, contrairement à sa cousine éloignée, Victoire de Rosemonde, à qui elle avait cloué le bec en lui rappelant les origines celtes d'Halloween, héritière de la Samain, la fête qui marquait le passage de la saison claire à la saison sombre.

Dès la nuit tombée, le carillon de la maison de style néogothique d'Alice Bonneville tinta jusque tard dans la soirée. Les grands vitraux de la façade, éclairés par de grosses bougies de neuvaine disposées au premier étage, donnaient une atmosphère plus inquiétante et excitante que jamais. Pour accueillir les enfants en quête de friandises, Alice s'était finalement déguisée en vampire, petite robe noire et cape en satin rouge, paupières et cernes charbonneux, lèvres écarlates et carré court lissé à mort, un déguisement qui aurait produit son plus bel effet dans une boîte échangiste de seconde zone. Costumé en super-héros – Spider-Man, son préféré –, Arthur avait laissé sa tante avec Haroun pour se rendre à une soirée d'Halloween organisée dans un manoir au bord du Loing, une fête qui s'annonçait décadente à souhait : sexe, drogue, alcool et rap à gogo. Tout ce qu'il détestait a priori – sauf le rap –, souvenirs d'un passé récent constitué de plans sexe sans lendemain et de cuites carabinées le week-end. Sa jeunesse, sa solide constitution, sa pratique sportive intensive – course à pied, musculation et MMA –, sa sacro-sainte alimentation végétarienne (sans gluten) avaient neutralisé les dégâts physiques et psychiques de son ancienne existence dissolue. Certes, il passait désormais pour un puritain auprès de ses camarades de luxure, mais il était devenu un mormon séduisant que beaucoup rêvaient de dépraver. Il annonçait la couleur dès le départ, refusant le moindre rapport sexuel, ne dédaignant toutefois pas caresses et baisers torrides. Il venait de rompre avec un garçon et une fille qui n'en pouvaient plus de sa chasteté. Le garçon était le petit ami de Mona Belgazzi et Arthur n'en sut jamais rien. Depuis plus d'un an, il entretenait des relations sans sexe, que la nomenclature LGBTQIA+ classait dans la catégorie « asexualité ». Il détestait les cases, ces cages qui prétendaient ranger la complexité de la sexualité et du genre sous la bannière d'un acronyme.

En cette nuit d'Halloween, où toutes les folies étaient permises comme au temps du carnaval médiéval, Arthur avait décidé de tester les limites de son abstinence, davantage par jeu que par plaisir masochiste de résister à la tentation. Il n'était pas dogmatique et se sentait prêt à renouer avec le sexe si une bonne occasion se présentait. Il sortit de chez lui juste après une brève averse. Il quitta les rues animées de Valmont-sur-Loing pour se diriger vers le petit port fluvial situé en contrebas du centre-ville, puis il emprunta le chemin de halage où il surprit deux amoureux déguisés en personnages de manga japonais, assis sur un banc, qui contemplaient les reflets de la lune gorgée de lumière dans les eaux noires de la rivière. Il dépassa l'immense viaduc ferroviaire qui surplombait le Loing. Le hululement des hiboux concurrençait le bruit des multiples bêtes non identifiées qui se faufilaient dans les hautes herbes réputées infestées de vipères. Arthur marchait vite, craignant de croiser la route d'un gros rat – il n'était pas forcément phobique, mais il n'en était pas non plus un fervent adepte. Au bout de quelques minutes, il enjamba enfin la passerelle en acier qui menait sur l'autre rive, puis il bifurqua sur la gauche, vers les berges de la Seine, où de riches habitants de la région et des Parisiens fortunés avaient édifié au XIXe siècle des « Affolantes », ces belles maisons de plaisance atypiques, qui se déployaient au bord du fleuve, entre Seine-Port et Saint-Mammès.

Arthur marcha encore cinq bonnes minutes avant d'apercevoir la vaste demeure où il était invité, une maison en meulière aux faux airs gothiques, dotée d'un pignon pointu et d'une tourelle, au toit en ardoise. À l'intérieur et dans les loggias éclairées de lampions en forme de citrouilles, la fête produisait ses effets désirables : alcoolémie joyeuse, attraction des corps, odeur persistante de cannabis, cris d'euphorie et danses décomplexées. Inutile de sonner, la porte était grande ouverte, le maître des lieux, ou plutôt le fils du maître des lieux l'accueillit avec chaleur dès qu'il l'aperçut à travers la foule colorée de vingtenaires excités qui dansaient sur *Single Soon* de Selena Gomez.

— Te voilà enfin ! Ce costume de Spider-Man te met beaucoup trop en valeur. Tu n'as pas le droit de faire de l'ombre à l'organisateur de la soirée, je te déteste ! lui cria-t-il, faussement offensé, avant de lui faire deux bises.

— Je ne voudrais pas critiquer ton costume de Super Mario, mais il est dégueulasse ! Heureusement que ton fric compense ton mauvais goût, rétorqua Arthur en riant.

— J'espère que tu ne parles pas aussi cash à tes patients ! répondit Samuel Duval dans un grand sourire.

Âgé de vingt-six ans, maigre, roux, les yeux bleus, de taille moyenne, il portait un costume qui ne lui allait pas du tout, une salopette bleue à boutons d'or beaucoup trop courte qui laissait entrevoir des mollets blanchâtres et glabres, une casquette rouge floquée d'un gros M, bien trop petite, et une fausse moustache marron collée de travers.

— Viens boire un verre avant que je ne te voie plus de la soirée, on va trinquer à ton contrat.

Les deux amis se dirigèrent vers le vaste comptoir en marbre et bois précieux monté sur roulettes, où officiaient trois hommes vêtus de noir, indifférents au tumulte, concentrés sur leur mission d'imbiber les convives jusqu'au bout de la nuit.

— Une vodka, s'il vous plaît. Et un Perrier, comme d'hab ? fit-il en regardant Arthur.

— Non, je vais prendre comme toi.

— Ah bon, qu'est-ce qui arrive à notre sainte nitouche ? Aurait-elle décidé de jeter sa gourme, comme disait mon grand-père ? Je n'ai d'ailleurs jamais compris ce qu'était une gourme.

— Une maladie de peau, une sorte d'impétigo.

— Quel rapport avec le fait de se livrer à des frasques ? Bref, à propos de maladie de peau, tu sais si le vitiligo est lié au stress ?

— Pourquoi tu me demandes ça maintenant alors que je suis en train de mater le plus beau gars de la soirée ?

— De qui tu parles ?

— Le type, là-bas, déguisé en gladiateur, plus vrai que nature, indiqua du doigt Arthur.

— Ah oui, Matteo, répondit Samuel, légèrement agacé par la concurrence du grand brun musclé aux yeux noirs. C'est le frère de Nicolas. Aucune chance, mon pote, hétéro pur sucre.

— Ne t'inquiète pas, le frère de ton associé ne m'intéresse pas du tout. Je remarque juste sa beauté. Et la métisse là-bas, habillée en Cruella ? pointa Arthur du menton en sirotant son verre de vodka, qui semblait produire des effets désinhibants à chaque gorgée.

— Ma nouvelle copine, répondit son ami un peu froidement, comme si Arthur devenait soudain un rival.

— Très mignonne.

— Bon, qu'est-ce qui te rend chaud comme ça ? Depuis un an, tu me soûles avec tes histoires d'abstinence.

Arthur haussa les épaules.

— Je ne sais pas... L'excitation d'Halloween, les hormones... Et puis...

Il marqua une légère pause, le visage grave.

— Et puis, ça fait dix ans que mes parents sont morts. C'est d'une banalité absolue, mais je me rends compte que tout peut *vraiment* s'arrêter d'un coup... C'est bizarre de constater ça dix ans après leur disparition. On est conditionné pour oublier cette perspective peu alléchante. Tiens, dans cinq minutes, je peux avaler une olive de travers, m'étouffer, personne pour me faire la manœuvre de Heimlich et *pfiou*, trépassé en moins de deux. Et oublié aussi vite. « Tu es poussière, et tu retourneras à la poussière », déclama-t-il en levant l'index vers le ciel avec une grandiloquence feinte.

— Qui t'oubliera ? Tu dis n'importe quoi ! Et il restera tes vidéos, tenta Samuel.

— Ah oui, les vidéos. Ce désir de likes, de clics, de gloire ? Ce besoin d'être aimé à tout prix ? Tu penses vraiment que je vais laisser une trace après ma mort avec mes vidéos ? répondit Arthur dans un accès de lucidité et de vodka, le sourcil droit relevé.

— Si ton projet, ce soir, c'est de me foutre le cafard, c'est réussi, merci d'être venu.

— N'est-ce pas le but d'Halloween ? Rappeler la douce perspective de la mort ? rétorqua Arthur en riant. Je te rassure, je ne fais pas une dépression. Tu sais, le fait de regarder la mort en face en me levant le matin me pousse à vivre chaque jour comme si c'était le dernier. Improviser, ne jamais remettre au lendemain, dire régulièrement aux gens qui comptent qu'on les aime, je sais, c'est digne des *Cinq vérités celtiques*. Et ce soir, après un an d'abstinence, je vais jeter ma gourme, comme disait ton grand-père, décréta-t-il en levant son verre vide tandis qu'il se dirigeait vers une fille au beau visage digne et malicieux, qui portait des tresses blond vénitien relevées.

Déguisée en Diane chasseresse, elle dansait sur *Gimme Love* de Sia. Arthur se mit en face d'elle et se déhancha, imitant ses gestes. Elle eut ce sourire qui semblait révéler le fond de son âme. À cet instant précis, à son grand étonnement, Arthur se dit qu'il aurait pu la demander en mariage, un genou à terre.

4

« La déception est un sentiment
qui ne déçoit jamais. »

François Mauriac

Alice se leva comme d'habitude, à 5 h 30, sa routine, quelles que soient la saison et l'heure du coucher la veille. Après avoir avalé une banane et une tasse de thé, elle regarda un film – *Un jour sans fin* –, puis fit une marche en forêt au cours de laquelle elle contempla les pins immenses, les grands hêtres et les chênes imposants dans leur splendeur automnale, admirant les premiers rayons du soleil qui filtraient à travers les branches. Les Japonais appelaient cette lumière singulière *komorebi.* Cette lumière filtrante qui donnait une allure magique à l'orangé, au jaune et au brun du feuillage, conférant à la forêt une dimension sacrée qui enchantait Alice.

Elle qui détestait méditer assise dans son salon s'imprégnait des beautés du présent en marchant dans la nature, savourant pleinement l'*ici* et le *maintenant*, sans jugement, avec délectation et gratitude, détachée de la course et de l'agitation quotidiennes, libérée des regrets du passé et des interrogations sur l'avenir. Plongée dans la volupté du présent, elle oubliait qu'Haroun s'était endormi la veille devant *Les Tueurs de la lune de miel*, qu'ils avaient regardé ensemble, bien calés dans leurs fauteuils respectifs, après avoir offert des friandises aux enfants déguisés qui avaient sonné jusqu'au milieu de la soirée. Non seulement Haroun s'était endormi au bout de vingt minutes, mais en plus il avait ronflé très fort. Ayant fait une croix sur une très hypothétique nuit érotique, Alice l'avait secoué et il avait sursauté, avec le même air hagard de l'ivrogne en train de décuver. Elle l'avait raccompagné à la porte d'entrée, en se moquant de ses ronflements aussi discrets que les grognements d'un hippopotame. Elle s'était fait une raison. Devant sa coiffeuse, vêtue d'un peignoir en satin vert amande brodé de liseré blanc, elle s'était adressée à Georges, en se démaquillant :

— Je t'ai pourtant écouté, mais je peux t'assurer qu'il n'est pas encore prêt.

Alice passa le reste de la journée à flâner, chose assez rare pour être appréciée.

Le lendemain, après sa balade matinale, elle prit le volant de sa Coccinelle pour se rendre chez Quentin Duval, résistant à l'envie irrésistible de rouler à toute allure dans les rues de Valmont-sur-Loing. N'étant pas à une contradiction près, Alice Bonneville était accro à la vitesse tout en militant pour la sécurité routière. Une fois arrivée dans le quartier du Grand-Bois, en lisière de forêt, elle fut surprise par le blocage de la rue où habitait Quentin Duval. Elle fit demi-tour et se gara un peu plus loin, sur le parking des jardins familiaux, où deux vieux emmitouflés dans leur parka taillaient lentement, avec les mêmes gestes précis, les branches mortes de leurs arbres fruitiers respectifs, un cerisier pour l'un et un prunier pour l'autre.

Alice se dirigea d'un pas vif vers la maison de Quentin Duval, au numéro 17, en passant cette fois par l'autre bout de la rue, mais elle était également bloquée par deux agents de police. Plus loin, elle aperçut d'autres policiers en civil qui portaient des brassards orange et discutaient avec un médecin du SAMU. Des experts de la police scientifique, en combinaison blanche, entraient et sortaient d'une des maisons.

Alice reconnut la silhouette du commissaire Stéphane Gerbier et celle de son ancienne étudiante en droit, la capitaine Mona Belgazzi, une jeune brune aux yeux noisette, à la peau mate, qui alliait sophistication discrète et allure sportive. Elles étaient devenues amies des années plus tard, et Alice l'avait soutenue quand elle avait décidé de suivre les traces de son père, inspecteur principal au commissariat de Melun.

Alice envoya un SMS à Mona, guettant sa réaction. Cette dernière tourna aussitôt la tête pour la chercher des yeux. Alice leva les bras dans sa direction et Mona se dirigea vers elle à grands pas, l'air étonné.

— Bonjour Alice, lui dit-elle en faisant signe aux policiers en faction de la laisser passer, vous m'espionnez ou quoi ?

— Bonjour Mona, répondit-elle en riant, pas du tout, vous êtes parano ! J'ai rendez-vous avec Quentin Duval, l'animateur de télé, il habite dans cette rue. Que se passe-t-il ?

— Je suis vraiment désolée, Alice, mais vous ne pourrez pas le voir.

Pourquoi ?

— Il est mort.

— Comment ça, *mort* ?

— Sa fille a découvert son corps sans vie ce matin, en bas de l'escalier principal. Une mauvaise chute, d'après les premières constatations.

— Quentin Duval est mort, répéta Alice plusieurs fois, les yeux écarquillés devant sa maison.

— Vous aviez rendez-vous pour des raisons personnelles ?

— Non... Non, pas du tout... Il est mort... Je n'arrive pas à y croire. Il me paraissait si vivant la dernière fois.

Alice venait d'énoncer cette redoutable banalité sous l'œil dubitatif de Mona.

— Oui, Alice, je vous confirme qu'il était bien vivant avant de mourir.

— Ça me paraît surréaliste. Nous nous sommes vus il y a quinze jours, à l'Hôtel Joséphine. Il était tellement charmant. Il m'a proposé de travailler avec lui sur une nouvelle émission de faits divers. Nous nous sommes immédiatement bien entendus. Il a été très convaincant, il a su me vendre un projet très correct, pas du tout racoleur. Nous devions déjeuner aujourd'hui pour étudier les détails de notre collaboration. Mais hier, il m'a envoyé un message pour me demander de venir plus tôt dans la matinée.

— Qui vous a présentés ?

— Arthur. La société de production de Quentin Duval produit aussi des youtubeurs à succès. Quand il a appris qu'Arthur était mon neveu, il a voulu me rencontrer pour me proposer ce projet d'émission. Je n'arrive vraiment pas à assimiler la nouvelle.

À travers une fenêtre à meneaux, Alice aperçut une jeune fille en pleurs, aux cheveux noirs coupés court, assise dans un fauteuil du salon. Elle portait un sweat à capuche noir.

— Si vous êtes là, c'est qu'il ne s'agit pas d'une simple chute.

— Pour l'instant, c'est ce que nous constatons. Quand une personnalité publique décède dans des circonstances inhabituelles, la brigade criminelle se déplace sur les lieux.

— Oui, bien sûr. Vous croyez que je pourrais voir le corps ?

— Attendez-moi deux secondes.

Mona s'éloigna pour parler à son supérieur, Stéphane Gerbier. Le commissaire se tourna vers Alice – ses deux rides du lion indiquaient son agacement quand leurs regards se croisèrent, mais il sembla donner son autorisation, visiblement à contrecœur. Gerbier lui en voulait encore d'avoir résolu l'affaire Paul Faye sans l'aide de la police.

Mona fit signe à Alice d'approcher.

— Soyez la plus discrète possible. Gerbier vous fait une fleur.

Mimant à la perfection la retenue et l'humilité, Alice salua cérémonieusement Gerbier de la tête en passant devant lui, avant de se glisser dans la maison. Dans l'entrée, les boiseries murales en acajou décorées de gravures de scènes de chasse datant de la fin du XIXe siècle assombrissaient le vestibule. À sa gauche, dans une atmosphère très différente, un salon peint en blanc, à la décoration minimaliste japonisante, apaisante pour ceux qui aimaient une certaine forme de dépouillement, déprimante pour Alice, qui préférait les ambiances cottage. Deux bibliothèques remplies de livres d'art contemporain, sans doute jamais ouverts, entouraient une cheminée en pierre et un miroir trumeau repeint en noir. À sa droite, une vaste cuisine immaculée, tout aussi dépouillée, composée d'un îlot en marbre blanc que l'on n'avait pas du tout envie de salir et qui se prêtait davantage à la dissection d'un cadavre qu'à la préparation d'une blanquette de veau. Entre les deux pièces, un grand escalier en chêne. Au pied des marches en bois verni gisait Quentin Duval, vêtu d'un t-shirt, d'un jogging gris chiné et de chaussettes en laine. Couché sur le dos, jambes et bras écartés, la tête reposant sur la première marche. Quelques taches de sang séchées sur le sol.

Alice se recueillit un bref instant, mais les réflexes professionnels reprirent rapidement le dessus.

— Je suis assez étonnée qu'une telle chute ait pu provoquer sa mort. C'est un homme encore jeune, visiblement sportif, qui aurait pu se retenir à la rampe d'escalier en tombant. Et puis, surtout, j'ai lu dans une interview qu'il était ceinture noire de judo. Deuxième dan. Il a même remporté quelques championnats locaux dans sa jeunesse. Très étonnant, répéta Alice en plissant le front et en faisant la moue.

— Je n'avais pas cette information. Merci, répondit Mona.

— Je l'avais googlisé avant de le rencontrer. Ceinture noire à l'âge de seize ans. Ensuite, il a pratiqué la boxe anglaise et le krav-maga. Un type solide.

Alice s'approcha du corps, du côté de la rampe. Elle observa ses pieds, les chaussettes, évalua du regard la pente de l'escalier. Un escalier deux quarts tournant. D'où avait-il chuté ? Du haut des marches ? Au milieu, dans le premier virage ? Dans le second ? Pourquoi était-il positionné sur le dos, les membres écartés, s'il avait chuté en avant ? Cette position ne lui paraissait pas logique.

— Les chaussettes ont sans doute provoqué la glissade fatale, poursuivit-elle, comme si elle se parlait à elle-même et cherchait à contredire ses propres intuitions. Les marches sont cirées et mieux vaut ne pas les descendre en chaussettes. Mais il était ceinture noire de judo, se reprit-elle, il aurait dû avoir le réflexe de bien chuter. Savoir chuter, c'est l'une des bases du judo.

— Vous en avez fait ? s'enquit Mona.

— Jusqu'à l'âge de treize ans. Ceinture bleue. Les chutes au judo s'appellent les ukemis. Littéralement « brise chute » en japonais. Quentin Duval maîtrisait forcément les ukemis et, même s'il n'avait pas pratiqué depuis longtemps, c'est comme le vélo ou la corde à sauter, ça ne s'oublie pas comme ça. La mémoire du corps.

Plongée dans ses pensées, Alice imaginait le déroulé de la chute.

— Que dit le médecin qui a constaté le décès ?

— Attendez-moi une seconde, fit Mona, je vais le chercher.

Alice contempla le cadavre de Quentin Duval, chassant de son esprit le regret de ne jamais collaborer avec lui. C'est mal de penser à ça devant sa dépouille, se réprimanda-t-elle. Certes… Mais, c'était quand même dommage, ce projet avorté, cette promesse de notoriété tuée dans l'œuf avec l'excitation de retrouver les tournages télé. Elle se rapprocha à nouveau de la rampe d'escalier, observa attentivement les bras et les mains de Quentin Duval. Au-delà de la lividité cadavérique naturelle, elle avait l'impression que Duval s'était vidé de son sang. Ses bras, ses mains, ses pieds étaient d'une blancheur extrême. Et puis, quelque chose la chiffonnait. Son visage était rouge alors que le reste du corps était blafard. Ce contraste était saisissant. Et sa bouche… Comme s'il avait mis du rouge à lèvres.

— Désolée, Alice, le médecin a dû repartir. Après avoir constaté la mort, il a posé un obstacle médico-légal en rédigeant le certificat de décès.

— Pourquoi ? On ne pose pas un obstacle médico-légal comme ça.

— Si je me souviens bien de vos cours de sciences criminelles, selon les circonstances, il est possible de poser un obstacle médico-légal en cas de mort subite inattendue, d'accidents domestiques. Ou de doute tout simplement. Dans notre cas, vous avez raison, la victime était célèbre et apparemment en bonne santé.

Le corps va être transféré à l'institut médico-légal pour être autopsié. Vous avez remarqué autre chose ?

Alice confia à Mona ses observations sur la différence de couleur entre les membres et le visage de Quentin Duval.

Mona se rapprocha du corps.

— En effet. Si je me souviens bien, les lividités rouge-carmin sont typiques des intoxications au monoxyde de carbone. Ici, seul le visage est rouge, pas le reste du corps. Et il n'est visiblement pas mort de ça.

— Capitaine Belgazzi, nous allons procéder à l'interrogatoire de la fille de la victime, l'interrompit le commissaire Gerbier en regardant Alice avec l'aménité du tueur en série face à sa proie.

— Madame Bonneville, nous vous prions de bien vouloir rester à disposition de la police dans les prochains jours, puisque vous deviez voir M. Duval ce matin. Nous aurons sans doute des questions.

— Bien sûr, commissaire. Quand il s'agit d'aider la police, vous pouvez toujours compter sur moi, répondit-elle avec ironie. Ma chère Mona, je vous laisse le soin de me contacter.

Dans le dos du commissaire Gerbier, Alice fit signe à Mona qu'elle l'appellerait plus tard. Elle mourait d'envie d'interroger la fille de Quentin Duval mais, en attendant, il fallait qu'elle en sache davantage sur la biographie de son ex-futur patron. Et si Mona refusait de lui raconter en détail l'interrogatoire, Alice trouverait bien un prétexte pour la rencontrer.

Au volant de sa Coccinelle, elle ne démarra pas tout de suite. Les deux vieux jardiniers étaient partis, remplacés par une mère et ses deux fillettes visiblement ravies de bêcher et de biner.

Alice savait pertinemment que ce qu'elle avait fait était interdit, mais elle fit défiler sur son écran les clichés qu'elle venait de prendre du cadavre de Quentin Duval. Par sécurité, elle glissa la dizaine de photos illégales dans un dossier masqué de son smartphone. Elle soumettrait les images à son vieil ami médecin légiste à la retraite, Philippe Lévêque. Il lui devait bien ça. Elle ne révélerait rien à sa femme qui fréquentait comme elle le club de lecture, à condition qu'il consente à l'aider. Elle regarda à nouveau les photos, zoomant sur le visage de Quentin Duval. Elle fut frappée par son regard. Elle se souvint soudain de la couleur de ses pupilles lors de leur unique rendez-vous. Ce bleu si unique, qui passait du bleu roi au bleu turquoise… Désormais, elles étaient d'un noir profond.

5

« Dans un couple, l'ennui engendre l'infidélité. »

Jules Michelet

Alice avait donné rendez-vous le soir même à Philippe Lévêque, au bar de l'Hôtel Joséphine, élégant et hors du temps, dont le plafond voûté bleu nuit constellé de petites ampoules led lui rappelait la Voie lactée. Juchés sur des tabourets en cuir capitonné, accoudés au comptoir en marbre blanc, les deux amis dégustaient un daïquiri, en se remémorant leurs faits d'armes à la fac de droit, une trentaine d'années plus tôt.

— Tu avais l'air heureux quand je t'ai croisé l'autre jour. Les amours clandestines te rajeunissent ! Je sais désormais ce que tu fais quand Catherine est au club de lecture…

— Alice, où veux-tu en venir ? répondit-il en souriant, pas dupe de ce chantage qui n'était qu'un jeu entre vieux copains.

— Voilà, j'ai vraiment besoin de ton expertise, répondit-elle, soudain sérieuse. Tu sais que le cadavre de Quentin Duval a été retrouvé chez lui hier. À première vue, c'est une chute dans l'escalier. Pendant notre rendez-vous, professionnel je le précise, il m'avait fait une très bonne impression. Très charmeur, chaleureux… Quand je me suis rendue chez lui hier, j'ai pu voir son cadavre, grâce à Mona Belgazzi que tu connais bien. Il était étendu sur le dos, les jambes vers le haut, sa tête reposait sur la première marche. J'ai pris quelques clichés que j'aimerais te montrer.

— Mais tu es folle ! Si le procureur l'apprend, il peut te poursuivre pour atteinte à la dignité du corps humain ! Imagine qu'une personne pirate ton téléphone et tombe sur ces photos et les revende…

— Hypothèse farfelue, rétorqua-t-elle, cinglante. Je n'avais pas le choix, je ne connais pas bien la légiste qui t'a succédé, Sandra Lévitan. Mais j'ai totalement confiance en toi. Même à la retraite, tu restes le meilleur légiste de ta génération !

Philippe Lévêque n'était pas dupe non plus de l'épaisse couche de flatteries qu'Alice déversait sur son ego, mais il savait aussi qu'elle était sincère. Venant d'elle, cela faisait du bien.

— OK, n'en rajoute pas. Je vais t'aider. Pas parce que tu pourrais me faire chanter, mais parce que j'aime bien la garce que tu es.

— Pour ta gouverne, sache qu'il existe des lieux nettement plus discrets que l'Hôtel Joséphine pour tes incartades, lui glissa-t-elle en clignant de l'œil.

— Bref, pourquoi as-tu tiqué quand tu as vu son cadavre ?

Alice lui expliqua l'histoire des ukemis et lui montra les photos du corps. Philippe Lévêque chaussa ses lunettes, tout en lui décochant un regard consterné. Il observa attentivement les clichés, scrutant chaque détail en silence, pendant plusieurs minutes. Alice fit signe au barman.

— Deux autres, merci.

Les paupières mi-closes, elle savourait les dernières gorgées de son daïquiri et la chanson de Cole Porter, *Love for Sale,* interprétée par le pianiste du bar, un grand homme maigre entre deux âges, qui portait une queue-de-cheval en dépit de sa calvitie très avancée et un smoking de bonne facture trop grand pour lui. Il y avait du monde pour un lundi soir. Alice aimait ce bourdonnement des conversations feutrées mêlé aux notes de jazz, comme dans une comédie hollywoodienne de l'âge d'or.

— Ce qui me frappe, à première vue, c'est le contraste entre la couleur de ses membres et le rouge de son visage.

— Oui, c'est ce que j'ai tout de suite relevé.

Alice réexpliqua ce qu'elle avait déjà dit à Mona, puis évoqua le regard de Quentin Duval.

— Ses pupilles, très noires, alors qu'il a les yeux très bleus... Des pupilles qui semblent...

— ... très dilatées, oui j'ai remarqué. Sans avoir vu le corps, je dirais que ça pourrait ressembler à une surdose d'adrénaline. Les signes cutanés sont typiques. Le corps très blanc et le visage plutôt rouge, les pupilles dilatées. Comme si la personne avait été saisie d'une forte émotion. En cas de surdose d'adrénaline, on assiste à une vasoconstriction.

— Et tu as vu ses lèvres ?

— Oui, c'est vraiment typique d'une surdose d'adrénaline. Il était sujet à des allergies ?

— Tu parles d'allergie à l'adrénaline ?

— Non, était-il allergique à quelque chose ?

— Je ne sais pas, je ne l'ai rencontré qu'une fois et nous n'avons pas vraiment eu le temps de parler de ses éventuels problèmes de santé… Je demande à Mona.

Hello Mona, je t'appelle demain sans faute. Pourrais-tu demander à la fille de Quentin Duval s'il avait des allergies stp ? Merci beaucoup, je t'expliquerai. En échange de quelques informations de ta part, bien sûr :–)

— En tout cas, il n'est pas allergique aux noix, car, dans mon souvenir, il avait commandé un brownie. Dis-moi, quel est le rapport avec une éventuelle allergie ?

— L'adrénaline est une hormone qui agit sur le système cardiovasculaire. Elle augmente la fréquence cardiaque, la force de contraction du cœur, accélère la propagation de l'influx nerveux. Si en forêt tu te retrouves nez à nez avec un sanglier, c'est l'adrénaline qui te permettra de t'enfuir le plus vite possible. Quand nous étions des chasseurs-cueilleurs, il n'y a pas si longtemps à l'échelle de l'évolution, c'est cette hormone qui nous a permis de réagir face à un stress aigu, face aux dangereux prédateurs.

— Et donc ? Quel rapport avec les personnes allergiques ?

— Si un allergique tombe sur un allergène fatal, je ne sais pas, une cacahuète, du poisson, des crustacés, il peut faire un choc anaphylactique, potentiellement mortel. L'adrénaline, c'est LE traitement d'urgence en la matière. Si tu es allergique aux fruits à coque et que tu avales une noisette, ton corps va produire énormément d'histamine, une substance inflammatoire. Cette histamine va provoquer une dilatation des vaisseaux sanguins. Avec comme éventuelles joyeusetés un œdème des lèvres, du visage, des muqueuses de la gorge et un risque de spasme des bronches…

— … donc un risque d'étouffement, je vois.

— Exactement, le choc anaphylactique, c'est une urgence vitale. L'adrénaline détient une action vasoconstrictrice par stimulation alpha-adrénergique, pour parler savamment.

— Je te signale ma totale inculture en la matière.

Il poursuivit son topo comme s'il ne l'avait pas entendue.

— La vasoconstriction expliquerait la peau très blanche, le teint du visage rougeâtre, les pupilles dilatées. La prise d'épinéphrine, la forme médicamenteuse de l'adrénaline, permet d'éviter la mort. Quand une personne allergique s'injecte de l'épinéphrine, ça ouvre ses voies aériennes. Sa pression artérielle et son rythme cardiaque augmentent d'un coup. Bref l'adrénaline lui sauve la vie.

— Ces stylos d'adrénaline sont préremplis à la juste dose, j'imagine ?

— Oui, c'est le cas.

— Alors comment expliquer une surdose, si le stylo est prérempli ?

— Je suis incapable de te le dire, sans avoir vu le corps. Il faut vraiment vérifier si Quentin Duval était allergique et s'il avait toujours un stylo d'adrénaline à portée de main.

— Tu pourras appeler la légiste, du coup ?

— Avec quel motif ?

— Oh, je te fais confiance pour bien mentir, lui glissa-t-elle à l'oreille en trinquant à nouveau.

— De toute façon, il sera impossible de savoir si Quentin Duval a fait une surdose d'adrénaline. On peut doser le taux d'adrénaline en biologie médicale. Mais hélas, l'adrénaline injectée disparaît très vite, en deux ou trois minutes. Désolé…

— Tu es quand même adorable de m'avoir éclairée en dépit de ma très vilaine action.

Ils écoutèrent le pianiste impassible, qui aurait fait un excellent garde devant le palais de Buckingham.

— Es-tu au moins heureux avec elle ?

— Avec qui ?

— La femme que tu fréquentes.

— Heureux ? Hum… Je ne sais pas. Le bonheur, c'est éphémère, difficile à saisir. C'est comme le temps. Si personne ne me demande de le définir, je sais ce que c'est, mais si je dois en donner une définition précise, alors ça se dérobe sous mes pieds. Ça devient effrayant. Pareil avec le bonheur. Pour répondre à ta question, je me sens bien avec elle, et je serais incapable de t'expliquer le pourquoi du comment. Avec ma femme, après toutes ces années de mariage, je ressens une plénitude, une tendresse… Un sentiment de compréhension mutuelle. Une sorte de paix de l'âme. Peut-on appeler ça *bonheur* ? Est-ce la forme ultime du bonheur conjugal ? Oui, sans doute. Avant le cimetière.

— Je comprends… J'imagine ton petit cœur d'ado qui bat à cent à l'heure quand tu retrouves cette femme, répliqua-t-elle en faisant des mimiques faussement nunuches.

— Si tu veux, répondit-il en haussant les épaules. J'ai besoin de me sentir… *vivant*. Pas un mort-vivant qui attend désespérément que son cœur de vieux débris batte plus vite pour quelqu'un. C'est vrai, je suis resté un ado, et je le regrette en un sens. Et toi, tu n'as jamais trompé Georges ? dit-il en avalant une gorgée de daïquiri pour mieux faire passer son audace.

Alice le dévisagea, comme s'il avait proféré un blasphème.

— Tromper Georges ? Tu délires ? Notre bonheur reposait justement sur cette plénitude, cette tendresse... Ce sentiment de compréhension mutuelle, comme tu dis. Je n'ai jamais eu envie d'aller voir ailleurs, voilà tout. Et j'assume d'être une grosse ringarde. Après trente ans de mariage, on continuait à s'envoyer des dizaines de SMS par jour. Pour un oui ou pour un non, sans jamais se lasser. Pour se dire l'essentiel, ou des futilités. S'engueuler parfois, et se réconcilier aussitôt. Le matin, en partant de la maison, on se laissait des petits mots sur des post-it. Je les ai gardés, tu sais. Et puis ma peau n'a jamais eu envie d'un autre corps que celui de Georges, c'est comme ça. Évidemment, ça ne m'empêchait pas d'apprécier la jolie plastique d'un homme croisé dans la rue ou d'être séduite par l'agilité intellectuelle d'un type. L'intelligence a toujours eu le don de m'émoustiller. D'ailleurs, Philippe, tu m'as *beaucoup* émoustillée avec tes brillantes analyses médico-légales, plaisanta-t-elle, finissant son verre cul sec, en imitant la voix d'une vamp sur le retour, le regard plongé dans le sien. Et je trouve l'adultère tellement fatigant, stressant. Cette peur permanente de se faire coincer, je peux comprendre que ça puisse exciter, mais je te laisse ce shoot d'adrénaline !

— Je vois, répondit-il d'un air morne. Rassure-moi, Alice, tu ne me juges pas, j'espère ? Je crois que ça me blesserait si c'était le cas.

— Je t'ai dit que je te comprenais. J'espère juste que Catherine n'aura pas à souffrir un jour de cette situation. Je la vois demain au club de lecture. Ne t'inquiète pas : motus, dit-elle en faisant mine de zipper ses lèvres d'un coup sec. Je n'ai jamais été très fan de l'impératif catégorique kantien de ne *jamais* mentir, quel que soit le motif. Je mentirai par omission sans vergogne pour lui éviter une peine.

Philippe Lévêque leva son verre pour la remercier.

— Il faut que j'y aille, sinon ma femme va vraiment croire que je la trompe.

— Une dernière chose. Quels seraient les effets si je m'administrais une surdose d'adrénaline ?

— Une surdose pourrait te tuer, à cause de l'accélération du rythme ventriculaire, de l'hypertension artérielle ultra-élevée. Avec à la clé une crise cardiaque ou un AVC.

— La vache… Merci pour tout, Philippe, tu m'as fourni des biscuits à échanger avec Mona. N'oublie pas d'appeler Lévitan, dit-elle en joignant les mains dans un geste qui signifiait à la fois la reconnaissance et la supplication.

Il lui fit un dernier signe avant de disparaître. Alice resta encore un moment pour savourer la musique – le pianiste jouait du Sinatra, *You Make Me Feel So Young*.

Elle resta jusqu'à la fermeture, à écouter quelques grands standards du jazz américain. Le pianiste n'avait pas souri une seule fois de la soirée, mais il jouait comme un dieu. Son corps un peu raide, sa mine impassible contrastaient avec la grâce de son toucher, l'élégance de son style vestimentaire. Oui, songea-t-elle, elle aurait pu envoyer un SMS à Haroun pour qu'il la rejoigne, dans cette atmosphère propice à la romance et à la confidence, mais elle n'en avait pas envie, elle assumait ce plaisir solitaire, sans crainte du jugement. Une femme d'âge mûr, seule, accoudée au bar à siffler des daïquiris. C'était très bien comme ça. Une amitié amoureuse. Pas la peine d'aller plus loin, il n'était pas encore prêt à franchir le pas et il ne le serait sans doute jamais. Haroun se contentait d'une comédie romantique fantasmée, sans heurts, aux dialogues étincelants, aux rebondissements romanesques, où Alice jouait le premier rôle. La satanée réalité ? Haroun ne souhaitait pas la regarder en face. Ce réel contre lequel il allait indéniablement se cogner, une fois immergé dans le turbin du couple, où rien n'était jamais acquis de façon inconditionnelle, et où il fallait sans cesse remettre les preuves d'amour sur le métier. Et puis, en ligne de mire, cette hantise de la disparition de l'amour ou de l'être aimé. Tant pis, si ce n'est pas Haroun, ce sera un autre ! décréta-t-elle intérieurement en réglant son dernier verre. Et puis Georges ne lui avait-il pas donné sa bénédiction, quelques mois avant de mourir, après une première alerte cardiaque ? « Quand je ne serai plus là, je ne veux surtout pas que tu restes seule. Promets-le-moi. »

Elle avait mis du temps à intégrer cette autorisation, à l'assimiler. Le fantôme de Georges avait fini par la convaincre. Son propre bonheur, dans l'au-delà – quel qu'il soit – passerait par une vie heureuse avec un nouveau compagnon.

Une fois rentrée à la maison, Alice s'endormit très vite dans son cher lit, l'un des instruments du bonheur les plus merveilleux jamais produit par les humains. Lire, dormir, faire l'amour, rêvasser, se prélasser, téléphoner à ses meilleurs amis… Y manger ? Un sacrilège ! Il fallait vraiment qu'elle soit malade ou déprimée pour se préparer un plateau-repas au lit ou y grignoter un paquet de biscuits. Y mourir ? Une espérance. Mourir chez soi, dans sa chambre, surprise dans la nuit, en plein sommeil, le plus tard possible et dans le meilleur état possible. Un privilège inestimable. Ne pas mourir comme Georges, après son AVC fatal, dans une chambre d'hôpital à la peinture bleu ciel écaillée et aux faux plafonds tâchés, au rythme du bruit d'un respirateur artificiel.

Une fois encore, Georges fut sa dernière pensée avant qu'elle sombre.

6

« Les apparences sont belles
dans leur vérité momentanée. »

Octavio Paz

Se lever à l'aube était devenue une religion solidement ancrée dans la vie d'Alice. L'idée n'était pas de s'imposer des routines accablantes pour être la plus productive possible et optimiser sa journée. Non, c'était juste pour faire des choses qui lui plaisaient. Bouquiner, cuisiner, regarder un film, une série, marcher au bord du Loing et, récemment, écrire des haïkus inspirés de son voyage en Écosse, sa toquade du moment, avec, disons-le, des résultats assez discutables sur le plan littéraire. Des vers du niveau d'un élève de CM1, mais qui l'émerveillaient, et c'était bien là l'essentiel.

Mona partageait ce goût des plaisirs de l'aube. Ce matin-là, Alice l'invita à confectionner des cookies au caramel beurre salé et, surtout, à élaborer des hypothèses sur l'affaire Duval, tout en écoutant des chansons de Taylor Swift que Mona déifiait au grand dam d'Alice.

— Alors, dites-moi tout ! J'ai besoin de trouver des réponses à certaines questions... Passez-moi le beurre, s'il vous plaît, la spatule est dans le tiroir du bas.

— Je ne pourrai pas tout vous dire, mais si je peux m'attribuer le mérite exclusif de la résolution du crime grâce à vos lumières, je n'y vois aucun inconvénient, répondit Mona en souriant. Pour l'instant, nous connaissons simplement l'heure approximative de la mort, entre 20 heures et 22 heures. Racontez-moi vos doutes sur la thèse de l'accident ?

Alice détailla les signes de la surdose d'adrénaline.

— Comment s'est passé l'interrogatoire de sa fille ?

— Elle s'appelle Julia, elle a vingt-trois ans et est étudiante en architecture à Rennes. Elle est évidemment effondrée, mais elle tient le coup. Je lui ai demandé si son père était allergique. Pas d'allergie connue, m'a-t-elle confirmé. Elle n'a jamais entendu parler d'un quelconque stylo d'adrénaline. D'ailleurs, la police scientifique n'a rien retrouvé. La question est : s'il s'agit bien d'une surdose d'adrénaline, pourquoi se serait-il administré un tel produit ? Où est passé ce stylo ?

— Et si quelqu'un lui avait injecté l'adrénaline ?

Mona fit la moue, en incorporant le caramel au beurre salé à la préparation pendant qu'Alice hachait grossièrement des noix de pécan avant de les mélanger dans le cul de poule. L'odeur de la pâte, beurrée et vanillée, excitait leurs papilles et leurs petites cellules grises.

— Injecter l'adrénaline… et faire croire à un accident domestique, lui répondit Alice.

— Mais pourquoi, dans quel but ? Pourquoi ne pas simplement l'assommer et faire passer ça pour un accident ? Que vient faire l'adrénaline dans tout ça ?

— Telle est la question, ma chère Mona. Julia était-elle en bon terme avec son père ?

— A priori, oui. Elle ne lui en a jamais voulu après le divorce. Selon ses déclarations, pas de mésentente. Même si, récemment, il s'était crispé quand elle lui a annoncé qu'elle se considérait comme *gender fluid*.

— *Gender fluid* ? Bisexuelle, c'est ça ?

— Non, pas du tout, *gender fluid* signifie non-binaire. Disons, qu'elle ne se reconnaît ni en tant que femme ni en tant qu'homme. Leur pronom de prédilection est *iel*.

— Je ne comprends pas, répondit Alice en écarquillant les yeux.

— Les non-binaires rejettent l'idée de deux genres bien distincts. Le masculin et le féminin. Ça n'a rien à voir avec la transidentité, l'orientation sexuelle, l'attirance physique ou sentimentale pour un sexe. Un non-binaire peut avoir des relations homo ou hétéro.

— Je suis larguée, vous êtes sacrément calée sur cette question.

— Rappelez-vous l'affaire Léa Carlier à Champagne-sur-Seine, cette ado acculée au suicide sur les réseaux sociaux, parce qu'elle se disait non-binaire. J'étais sur le coup. Du harcèlement scolaire et des attaques en ligne qui l'avaient poussée à bout. La juge d'instruction avait relaxé les principaux suspects. Un vrai scandale judiciaire ! s'emporta Mona en se vengeant sur la pâte.

— Holà, ne pétrissez pas trop, sinon ça va donner des cookies élastiques.

— Oui cheffe. Bref, inutile d'explorer la piste d'une dispute avec le père. Elle a un alibi en béton. Elle fêtait Halloween en Bretagne avec ses amis de l'école d'archi, chez l'un des étudiants originaires de Vannes. Elle était déguisée en princesse Arwen, un personnage du *Seigneur des anneaux*.

— Vous avez récupéré des preuves de ces allégations ?

— La géolocalisation des photos de la soirée du 31 octobre où elle apparaît un peu éméchée avec ses amis. Des clichés postés sur Instagram. Tenez, je vous montre.

— Des bienfaits d'Instagram sur les enquêtes policières, persifla Alice.

Instagram ? Une *terra incognita* qu'elle refusait obstinément d'explorer. Poster des photos de son quotidien, partager ses réflexions sur la marche du monde ? Aussi excitant qu'un championnat de cracher de bigorneaux.

— Si vous saviez le nombre d'affaires résolues grâce aux réseaux sociaux que vous méprisez...

Alice haussa les épaules en déposant la pâte dans le frigo, préchauffa le four et alluma la bouilloire électrique pour préparer du thé. Elle disposa sur la table en chêne massif deux tasses en porcelaine anglaise aux motifs fleuris – des myosotis. Mona s'installa dos à la fenêtre en ogive, souleva la cloche en verre qui recouvrait un plat piédouche où quelques cornes de gazelle lui faisaient de l'œil. Après la première bouchée, elle grimaça comme si elle avait mangé un œil de grenouille.

— C'est quoi, ce goût ? fit-elle en recrachant la pâtisserie dans une serviette en papier à portée de main. Désolée, je suis très malpolie, mais c'est infect.

— Des cornes de gazelle à la datte et au petit épeautre, sans sucre et sans gluten. Une lubie d'Haroun qui veut que je fasse goûter ça à tout le monde, répondit Alice en levant les yeux au ciel. Zéro succès. Des dattes dans les cornes de gazelle ! Je n'ose pas lui dire que c'est immangeable. C'est son premier faux pas culinaire.

— On se rattrapera avec les cookies.

— Bon, il va falloir explorer le côté obscur de Quentin Duval. Son entourage, ses ennemis, ses amours, ses emmerdes, sa vie professionnelle. Arthur a rendez-vous bientôt dans sa société de production. Heureusement pour lui, Quentin Duval a signé le contrat avant de mourir. Il va pouvoir récolter des infos, des renseignements que vous n'obtiendrez peut-être pas de votre côté.

— À propos, la police scientifique n'a retrouvé aucun ordinateur chez lui.

— Ah bon… Julia Duval sait peut-être où il est passé ? Je repense à une chose, vous me dites que son père s'était crispé en apprenant qu'elle se sentait… *gender fluid*. À creuser ?

— Je ne vois pas ce qu'il y a à creuser. Son alibi est solide. Et si on enfournait ces cookies ? J'en garderai pour ma fille.

— J'espère que vous lui préciserez que j'y suis pour quelque chose.

— Évidemment que non.

— Mauvaise mère, répondit Alice en riant.

Après avoir sorti les biscuits du four, Alice changea la playlist. Trop de Taylor Swift de bon matin pouvait gâcher la journée. Dean Martin serait parfait pour accompagner la dégustation des biscuits.

Elles se quittèrent vers 7 heures. Alice courut au bord du Loing une trentaine de minutes, avant de prendre une douche, d'enfiler une robe graphique en jersey et un caban vert bouteille à bouton doré.

Il fallait absolument qu'elle parle à son tour à Julia Duval. Sous quel prétexte ? Lui dire la vérité, tout simplement. Son père et elle avaient récemment sympathisé et allaient collaborer sur une nouvelle émission. Elle lui présenterait ses condoléances et glanerait quelques informations.

Une heure plus tard, elle sonna au domicile de Quentin Duval. Elle espérait y trouver la jeune fille éplorée qu'elle avait entraperçue l'autre fois, mais tomba sur un homme qui la dévisageait avec méfiance, comme si elle appartenait aux Témoins de Jéhovah. Elle fut surprise de découvrir le sosie un peu raté de Quentin Duval, en plus âgé, moins charmant, plus grassouillet, une sorte de brouillon maladroit avant le dessin finement exécuté.

— Bonjour monsieur, je suis Alice Bonneville.

La mine suspicieuse de l'homme se métamorphosa en visage affable.

— Oh, pardonnez-moi, je ne vous avais pas reconnue. Frédéric Duval, le frère aîné de Quentin, dit-il en lui tendant la main. Mais entrez, entrez donc, fit-il dans un grand geste d'accueil.

Elle se retrouvait à nouveau dans ce vestibule, sans le corps de Quentin Duval étendu au sol, cette fois. Elle éprouva une gêne soudaine quand elle songea aux clichés mortuaires cachés dans les tréfonds de son téléphone. Elle inspira un bon coup pour chasser une culpabilité naissante.

— Monsieur Duval, je vous présente mes plus sincères condoléances, dit-elle en prenant ses mains dans les siennes, dans un élan spontané de communion.

— Merci beaucoup, madame Bonneville. Vous savez, Quentin vous admirait beaucoup. Il m'a parlé de votre rencontre en des termes très élogieux. Puis-je vous proposer un thé ou un café ? Un jus de fruits ? Installons-nous dans le salon.

Pendant qu'il préparait du café dans la cuisine, elle observa plus attentivement ce salon à la décoration minimaliste, espérant humer un peu de l'esprit de Quentin Duval. Tout était propre, bien rangé, blanc, désespérément blanc. Heureusement, le sol était recouvert d'un parquet en chêne massif pour réchauffer ce décor froid, atténuant le malaise qu'Alice ressentait au contact de cette pièce.

Quand Frédéric Duval revint, les mains chargées d'un plateau en rotin, elle contemplait la belle cheminée en pierre taillée et le miroir trumeau noir qui contrastait par bonheur avec le reste du salon.

— Vous pouvez vous installer ici, fit Frédéric Duval en désignant un canapé en cuir beige.

— Je vous remercie. Comment vous sentez-vous ? Ça va peut-être vous paraître déplacé, mais ce décès m'a effarée. Comme je le disais bêtement à la capitaine Belgazzi en venant ici la dernière fois, votre frère était tellement *vivant* quand je l'ai rencontré… il respirait la bonne santé.

— Ah, vous êtes déjà venue ? fit-il, un peu surpris.

— Oui et non, enfin, nous avions rendez-vous ici le jour de sa disparition. La police était déjà là quand je suis arrivée.

— Ah, d'accord. Son décès est si… soudain. C'est incompréhensible. Je suis anéanti. Mon petit frère…

Il s'interrompit, la voix étranglée par l'émotion. Alice le regardait avec compassion. Il était trop loin pour un geste de consolation. Elle opta pour un silence actif, acquiesçant à chaque signe de douleur, avec le sourire à peine esquissé d'une bonne sœur empathique.

— Nous étions très proches. Très unis. Surtout depuis notre adolescence. C'est mon seul frère. Nous n'avions que deux ans d'écart.

Alice dissimula son étonnement – il en paraissait dix de plus que son cadet. Si Frédéric Duval était indubitablement moins beau que son frère, elle remarqua qu'ils avaient néanmoins les mêmes yeux, les mêmes pupilles bleues aux mille variations.

— Vous habitez aussi à Valmont-sur-Loing ?

— Oui, en bord de Seine, du côté de Thomery. Je fais l'aller-retour en train tous les jours. Quentin vient… venait ici le week-end. Ou pour se mettre au vert quelques jours. Nous travaillions ensemble. Je suis le directeur général de sa société de production. Depuis ses débuts.

— Vous allez donc collaborer avec mon neveu Arthur.

— Oui, je le connais bien.

— Ah bon ?

— Arthur a fréquenté le même lycée que mon fils Samuel, à Fontainebleau.

— Et c'est pour cela que vous allez produire ses vidéos ?

— Non, pas du tout, ce n'est pas moi, c'est Quentin qui a… qui avait ce don incroyable pour repérer les nouveaux talents. Lorsqu'il m'en a parlé, ça a facilité les choses, bien évidemment. Je l'apprécie depuis longtemps. Un très bon garçon. Quand il venait à la maison, je me souviens qu'il avait le chic pour dresser le portrait psychologique de toute la famille, dit-il en souriant. Ça énervait ma femme, car il l'avait bien percée à jour.

— Je vous confirme que ça n'a pas changé… Dites-moi, votre frère était-il allergique ?

— Allergique ?

— L'enquête médico-légale n'est pas encore assez avancée pour le confirmer, mais votre frère présentait des signes cutanés qui pourraient être liés à une surdose d'adrénaline. L'adrénaline qui…

— Je connais parfaitement le rôle de l'adrénaline, j'ai toujours un stylo sur moi, dit-il en tapotant la poche intérieure de son veston. Je suis allergique aux fruits à coque. Il y a deux ans, par la grâce de Dieu, j'avais mon sauveur à portée de main, ajouta-t-il en se palpant à nouveau le torse, sinon je ne serais pas là à discuter avec vous.

Quelle coïncidence… songea Alice. Elle chassa de ses pensées l'idée que la personne endeuillée qui lui faisait face détenait peut-être l'arme d'un crime.

— Mais je ne comprends pas pourquoi vous me parlez d'une surdose d'adrénaline, puisque Quentin n'est… n'était pas allergique.

— Comme je vous le disais, je suis venue ici le jour de la découverte du corps et j'ai remarqué des signes qui m'y ont fait penser. Une simple hypothèse, étayée par l'un de mes amis médecin légiste. Mais il faut attendre que l'Institut médico-légal rende son rapport dans quelques jours. Pour l'instant, la thèse de l'accident est privilégiée.

— La *thèse* de l'accident ? Mais qu'est-ce que vous racontez ? C'est un accident. Il a glissé dans les escaliers et s'est fracassé la tête, dit-il soudain sur la défensive.

— La mort d'une personnalité aussi célèbre que votre frère déclenche presque toujours une enquête criminelle. Le médecin qui a constaté le décès a émis un obstacle médico-légal pour permettre de réaliser une autopsie.

— Oui, un policier m'a parlé de cette procédure, mais je vous avoue que je suis un peu perdu. Je prends du Lexomil pour ne pas m'effondrer. Je dois préparer les obsèques, continuer à faire tourner la boîte, m'occuper de ma nièce. La société emploie cent vingt salariés et il va falloir que nous nous relevions les manches pour affronter cette terrible épreuve.

Alice exprima sa compassion devant un tel déluge de responsabilités, couplé à un moral au plus bas.

Après un silence de recueillement, elle se leva et lui tendit la main.

— Vraiment, merci de m'avoir reçue dans de telles circonstances. Je vous laisse mes coordonnées, dit-elle en lui tendant une carte de visite.

— Je vous envoie un SMS tout de suite, merci.

— Une dernière chose, votre frère vivait-il seul ?

— Il s'est récemment séparé de sa compagne, la mère de mon neveu. Il en a la garde un week-end sur deux. Sa fille vit à Rennes. Elle devait venir passer une semaine de vacances ici, chez son père. Julia est née d'un premier mariage.

— Tout se passe bien avec les mères des enfants ?

— Avec celle de Julia, oui. Avec la mère de Nathan, nettement moins.

Alice s'abstint de lui poser des questions sur cette mésentente, pour ne pas lui donner l'impression qu'elle enquêtait sur un meurtre.

— Une dernière chose. La police n'a retrouvé aucune trace de son ordinateur à son domicile. Vous savez où il a pu passer ? Il l'a peut-être laissé au bureau ?

— Je sais, les enquêteurs m'ont déjà posé la question. Je ne m'explique pas cette disparition. Vous pensez que c'est lié à sa mort ? ajouta-t-il, dubitatif. Je ne vois pas le rapport, puisque son décès est dû à une mauvaise chute…

— La police ne doit écarter aucune hypothèse.

Il la raccompagna sur le pas de la porte.

— Je me permettrai de vous recontacter selon l'évolution de l'enquête.

Frédéric Duval acquiesça, sans grande conviction. Alice resta un moment devant la maison, perplexe.

Elle poussa un petit cri de surprise quand une main molle se posa sur son épaule. Elle se retourna et fit face à un petit homme chenu, qui avait dû conserver le même poids et la même carrure depuis l'adolescence. Son crâne chauve était aussi ridé que des paumes plongées dans l'eau pendant des heures, et il arborait un sourire d'enfant de cinq ans qui s'apprête à faire une bêtise.

— Oh, pardonnez-moi si je vous ai fait peur. Vous êtes bien Alice Bonneville ?

— Oui, pourquoi ? répondit-elle avec l'amabilité d'une catcheuse prête à en découdre

— Bonjour, je suis Albert Pérez, le voisin de M. Duval. Le voisin d'en face, fit-il en désignant un pavillon des années 1960. Je me suis permis de venir à votre rencontre car, de ma fenêtre, je vous ai vue sortir de chez lui. Et comme vous sembliez perdue, j'ai pris mon courage à deux mains pour rencontrer notre célébrité locale. Je vous ai aperçue hier, quand ils l'ont retrouvé mort. Vous savez, j'ai suivi vos exploits dans l'affaire Paul Faye. Toutes mes félicitations pour votre sagacité. Vous êtes devenue la Miss Marple de la région.

N'étant pas la personne au monde la moins insensible à la flatterie, Alice se radoucit.

— Merci beaucoup, vous êtes trop gentil. Vous connaissiez bien Quentin Duval ? répondit-elle, saisissant l'occasion pour entamer une enquête de voisinage.

— Non, pas beaucoup. C'était un homme discret, très poli, très affable. Il était vraiment apprécié dans le quartier, car il ne faisait pas sa vedette. Bien au contraire. On avait l'impression que son but était de se fondre dans le paysage et de faire le moins d'histoires possible. Je suis très matinal, vous savez, lever dès 5 heures du matin. Je le voyais sortir pour son jogging en forêt, à l'aube. Puis-je vous inviter à boire une tasse de café ? Nous serons plus à l'aise pour bavarder.

— C'est adorable, mais je viens d'en prendre un.

— J'insiste, madame Bonneville, je serai très honoré de vous recevoir dans ma modeste demeure.

Alice accepta l'invitation, sentant que le vieil homme éprouvait le besoin de parler. Sa demeure était certes modeste, mais coquette, propre et bien rangée, elle sentait le veuf endurci. Elle s'attarda sur les photos encadrées montrant Albert Pérez à différents âges de sa vie sur le buffet en merisier de la salle à manger. Au centre, un portrait de mariage en noir et blanc. Albert Pérez portait le frac et le haut de forme et tenait la main d'une jeune femme magnifiée par une robe fourreau en satin et dentelle. Des époux visiblement très amoureux. La douce banalité matrimoniale qui émanait de ce cliché lui serra le cœur. Albert Pérez n'avait pas beaucoup changé depuis les années 1950. Il s'approcha d'Alice, un plateau en bois chargé de deux mugs de café et d'une assiette de Petit Beurre.

— Ah… Ma chère Lucienne…, soupira-t-il. Comme elle était belle. Et si gentille. Je l'ai perdue il y a dix ans. Un vilain cancer. Enfin, elle est toujours avec moi. Je lui parle tous les jours, vous savez. Tenez, asseyez-vous là, dit-il en désignant une chaise en bout de table.

— Je ne vais pas vous déranger très longtemps. Monsieur Pérez, étiez-vous chez vous le week-end de la Toussaint ?

— Oui, j'étais seul à la maison, nos enfants vivent en Belgique et en Bretagne, je ne vois plus beaucoup de monde, vous savez. Je suis allé me recueillir sur la tombe de Lucienne, comme je le fais toutes les semaines.

— Avez-vous remarqué quelque chose de suspect aux abords de la maison de M. Duval ?

— Rien de particulier, non. Je le vois presque tous les week-ends. Mais avant-hier, j'étais à ma fenêtre, il devait être 20 heures, et je l'ai vu partir très vite à vélo. Enfin, je suppose que c'était lui. Ce qui m'a surpris, c'est qu'il a laissé la lumière allumée en partant. Quand il est arrivé le samedi soir, il était seul, sans son fils. Et il y a quelque temps que je ne vois plus sa femme avec lui le week-end.

— Vous l'avez vu prendre son vélo à la nuit tombée ? Vous êtes bien sûr que c'était lui ? répondit Alice, un peu étonnée. Il n'a pas pris sa voiture ?

— Sa belle Porsche ? Non, il était à vélo. Enfin, quand je vous dis que je l'ai vu, il était déguisé, pour leur fête d'Halloween, vous savez, dit-il, un peu irrité.

— Déguisé, c'est-à-dire ?

— Je ne saurais pas vous dire exactement. Attendez…

Il ferma les yeux pour mieux rassembler ses souvenirs.

— Attendez, oui… Il portait une sorte de masque en caoutchouc, comme ceux qu'on porte pour Mardi gras. Dans mon souvenir, c'était le visage d'un homme chauve à lunettes, avec un bouc. C'était effrayant, surtout à la lumière du réverbère. Oui, ça me revient, il portait une sorte de combinaison jaune. Et des gants bleus. Il est parti très vite, en direction du centre-ville.

— Si je comprends bien, vous me dites que quelqu'un, Quentin Duval peut-être, a quitté la maison, à vélo, déguisé, et que la lumière de son domicile est restée allumée.

— Oui, c'est bien ça, madame Bonneville. Et ce qui m'a encore plus surpris, c'est que la lumière est restée allumée toute la nuit. Je me suis levé trois fois. Vous comprenez pourquoi, je ne vous fais pas un dessin. Et le matin, pareil, la lumière n'était pas éteinte.

— C'est très étrange, en effet, puisque vous me dites qu'il est arrivé seul samedi soir.

— Ah, mais attendez, je vous dis une bêtise. Quelqu'un a sonné à sa porte. Un homme mince. Il portait une casquette et un sac à dos. Il était habillé en noir. Je me suis dit que c'était un livreur.

Ma parole, ce type passe sa vie à sa fenêtre, songea Alice, en s'efforçant de ne pas lever les yeux au ciel.

— Mais vous l'avez vu ressortir ?

— Je ne sais pas, je ne passe pas ma vie à ma fenêtre, répondit-il avec une pointe d'agacement. En tout cas, j'ai vu quelqu'un ressortir déguisé, en toute logique, Quentin Duval.

— Bien, bien…, répondit Alice, perdue dans ses conjectures. Je vous remercie, monsieur Pérez, pour ces précieux renseignements. Je me permettrais de revenir vous voir si besoin.

— Vous soupçonnez quelque chose de louche, madame Bonneville ? Comme dans l'affaire Paul Faye ? s'enquit-il avec une excitation non dissimulée.

— Je ne sais pas. Pour l'instant, il s'agit d'un accident, selon les premières constatations de la police.

Alice se leva et s'arrêta de nouveau devant la photographie de mariage.

Elle pensa à la sienne, posée sur le manteau de la cheminée du salon de réception, et son cœur se serra d'émotion au souvenir de la belle cérémonie champêtre au château de Bourron-Marlotte.

— On sent que vous avez été heureux avec votre femme.

Il opina, en fermant les yeux et en souriant, comme pour méditer sur ce bonheur défunt.

Dès qu'Alice fut partie, Albert Pérez se précipita à petits pas dans la cuisine, tout émoustillé, pour récupérer son téléphone et composer le numéro de son vieil ami Robert Delaunay, ancien instituteur et honorable correspondant local du *Parisien*.

— Mon cher Robert, j'ai une très bonne information pour toi. Tu ne devineras jamais qui était à la maison à l'instant. Alice Bonneville ! Elle est en train d'enquêter sur le meurtre de Quentin Duval. La police dit que c'est un accident, mais elle n'y croit pas du tout.

7

> « Parfois le mensonge exprime mieux
> que la vérité ce qui se passe dans l'âme. »
>
> Maxime Gorki

Vêtue d'un pyjama en satin vert amande et de grosses chaussettes en laine, Alice Bonneville s'étirait dans son canapé où, à cet instant précis, elle aurait pu finir ses jours, incapable de quitter le moelleux de l'assise, un plaid écossais sur les genoux. Des bougies à la cire d'abeille illuminaient la table basse en verre et en chêne massif. Engourdie par un trop-plein de bien-être, elle avait envie de ne rien faire. Ni lire, ni regarder un film ou une série, ni compulser son téléphone ou écouter de la musique. Ne rien faire du tout. Opposer une résistance passive à la marche du monde. Elle qui aimait la vitesse, qui supportait mal les temps morts, les attentes à la caisse ou chez le médecin, elle laissait les secondes s'écouler, bercée par le tapotement de la pluie contre les vitres et le crépitement du feu de cheminée. L'odeur du bois qui se consumait dans l'âtre mêlée à celle de la menthe qui infusait dans la théière chinoise en fonte, tout cela suffisait à sa plénitude. Ne rien faire. Ne penser à rien. Certes. Mais pas trop longtemps. Rapidement, les discussions avec Albert Pérez et Frédéric Duval s'invitèrent dans son esprit alors qu'elle n'avait rien demandé.

Il n'était que 20 heures et elle prit subitement conscience de l'ennui abyssal qui l'anesthésiait. Elle était seule à la maison, Arthur suivait un entraînement de MMA – un sport ou plutôt une boucherie qu'Alice détestait. Une vile mise en scène de la masculinité toxique. La quintessence du virilisme bestial. Rien à voir avec la beauté tragique de la boxe anglaise. Elle l'avait dissuadé de pratiquer cette activité mais Arthur était fasciné par sa brutalité codifiée. Ce sport avait révélé une part enfouie de sa personnalité. Le plaisir de frapper fort et de faire mal dans un cadre réglementé.

Échanger des hypothèses sur la mort de Quentin Duval, voilà ce dont elle avait envie ! Pas avec Mona. Hors de question pour l'instant de lui révéler sa rencontre avec le frère de la victime. Haroun ? Oui, Haroun, en tout bien tout honneur. Son écoute flottante était propice à l'analyse d'un possible crime. Elle aimait cette intelligence collective quand elle enquêtait. Elle lui envoya un message et il répondit dans la minute. Comme il habitait à proximité, il accepta volontiers son invitation, quitte à braver la pluie. Ça tombait bien, il voulait lui parler des cornes de gazelle sans gluten aux dattes.

Dix minutes plus tard, Haroun s'installa dans le fauteuil à oreilles, un mug de thé entre les mains pour se réchauffer et des pantoufles d'invité aux pieds. Toute tentative de séduction mutuelle était abolie, elle en pyjama et lui en pull informe.

— Alors, verdict ?

Fallait-il proférer un mensonge pour éviter de lui faire de la peine ou lui dire la vérité et lui faire de la peine ? Lui dire la vérité lui éviterait d'être mal noté sur Google. Zéro ou une étoile. Elle imagina les commentaires :

La pire corne de gazelle que j'ai jamais mangée ! Manger ça ou du crottin de cheval, quelle différence ? S'il fallait décerner le prix du goût le plus atroce de l'année, les cornes de gazelle sans gluten aux dattes remporteraient la palme haut la main.

— Disons que, pour l'instant, vos cornes de gazelle ne remportent pas un succès fou. Une amie les a même recrachées, désolée de vous le dire. J'espère ne pas vous vexer, mais je me dois d'être honnête. Ce serait un crime culinaire si vous les mettiez à la carte. Je dis ça pour votre bien. Il nous arrive à tous de nous tromper. Rappelez-vous la fois où j'ai raté un agneau de sept heures. Immangeable.

Haroun la regarda fixement, puis il éclata de rire.

— Un crime culinaire, rien que ça ? Ma pauvre Alice, votre naïveté me touche. Évidemment que c'est immangeable. Je vous ai sciemment donné ces cornes de gazelle infectes, dit-il sur un ton théâtral.

— Pourquoi cette idée débile ?

— Pour vous tester. Alliez-vous mentir pour éviter de me faire de la peine ou me dire la vérité, quitte à me vexer ?

— Et si j'avais menti et prétendu que je m'étais régalée ?

— Hum… Ça aurait montré aussi votre volonté de ne pas peiner un ami. Vous croyez vraiment que j'allais vendre un truc aussi dégueulasse ? Je ne suis pas encore complètement liquide. En tout cas, on ne peut pas dire que vous preniez des pincettes pour dire la vérité à un ami ! Vous connaissez l'euphémisme ?

— Ça m'aurait fait plus de peine si des internautes vous avaient déchiqueté en postant des commentaires assassins. En tout cas, bien joué. À charge de revanche ! répondit-elle en levant son mug de thé.

Ils n'avaient pas entendu Arthur rentrer de son cours de sport. Il arriva dans le salon, vêtu d'un survêtement floqué aux couleurs du club de MMA de Fontainebleau et d'un bonnet rouge duquel dépassaient des boucles humides.

— Tiens, Haroun, vous êtes là ! C'est charitable de tenir compagnie à ma vieille tante impotente. Mon Dieu, cette vision de deux vieux en pyjama et pantoufles qui boivent de la camomille devant la cheminée ! C'est encore plus sexy qu'Emma Stone et Ryan Gosling en train de faire l'amour sur le tapis.

Il se pencha au-dessus du canapé pour embrasser Alice, qui fit semblant de lui donner une gifle. Il serra la main d'Haroun en lui chuchotant à l'oreille :

— Vous êtes vraiment accro à ma tante, vous la harcelez ma parole, faut vous soigner.

Haroun lui pinça l'avant-bras pour le faire déguerpir.

— Qu'est-ce que vous manigancez tous les deux ? lança Alice. Au lieu de dire des bêtises, va dans la cuisine, il reste de la salade de riz dans le frigo. Conseil de guerre sur l'affaire Quentin Duval.

— L'affaire Quentin Duval ? C'est un accident, non ? répondit Arthur.

— Je vais tout vous expliquer. Et il faut qu'on parle de ton rendez-vous à la boîte de production.

Cinq minutes plus tard, Arthur s'installa sur un pouf et déposa son plateau-repas sur la table basse. Alice leur raconta en détail ses doutes sur la thèse de l'accident et ses échanges de l'après-midi.

— Ça se tient, cette histoire d'adrénaline, mais pourquoi cette mise en scène ? Autant lui asséner des coups mortels à la tête et le faire dégringoler dans l'escalier, remarqua Haroun.

— Il faudrait qu'il y ait correspondance entre les coups portés et les potentielles plaies et contusions liées à une chute dans l'escalier, rétorqua Arthur.

— Je pense que l'assassin est un amateur. Il a voulu mettre en scène une chute, en administrant au préalable de l'adrénaline, dont il connaît les effets dans l'organisme, mais en négligeant que l'administration d'un tel produit laissait des signes cutanés. Il savait peut-être aussi qu'il serait impossible de retrouver des traces de cette injection dans l'organisme. Philippe Lévêque m'a dit que le risque d'un surdosage lorsqu'on n'est pas allergique est l'arrêt cardiaque.

— L'assassin a peut-être voulu faire croire à un arrêt cardiaque juste avant la chute dans l'escalier. Il devait connaître les effets de l'adrénaline sur une personne non allergique, fit Haroun.

— Non seulement il en connaît les effets mais il peut sans doute s'en procurer facilement, releva Arthur. Dans son entourage, peut-être.

— L'assassin a raté son coup, si je puis dire. Selon mes infos, la légiste n'a constaté aucune lésion, aucune nécrose du muscle cardiaque. Quentin Duval est mort, bien évidemment, mais la thèse de la crise cardiaque subite a été tout de suite balayée quand on a constaté les signes cutanés et les pupilles dilatées. Hélas, les analyses toxicologiques ne sont pas possibles, car les traces d'adrénaline disparaissent en deux ou trois minutes. Faire une crise cardiaque, tomber dans les escaliers et mourir, ça se tient. En revanche, mourir après une chute, quand on est ceinture noire de judo deuxième dan, et de surcroît, en pleine forme physique, ça me semble beaucoup plus suspect.

Ils observèrent quelques secondes de silence, absorbés par le craquement des bûches.

— Que d'erreurs ! fit Haroun. Nous avons là un amateur ou une amatrice.

— Oui, à l'évidence, c'est son premier meurtre, répondit Alice. C'est comme si l'assassin avait échafaudé son plan après avoir regardé trop d'épisodes de *Colombo* ou d'*Arabesque.*

— *Arabesque*... Jessica Fletcher..., fit Haroun avec une pointe de nostalgie, en chantonnant le joyeux générique. Je l'adorais. Toute notre jeunesse.

— Toute *votre* jeunesse, Haroun. À cette époque, j'errais dans les limbes du néant d'avant la naissance.

Le téléphone d'Alice vibra : un message de Philippe Lévêque.

J'ai oublié de te dire une chose importante. L'autopsie montre un énorme coup sur la tempe, difficile de savoir pour l'instant si c'est lié à la chute dans l'escalier. Lévitan a constaté une commotion cérébrale, peut-être une conséquence de ce coup reçu au niveau de l'écaille temporale. La tempe est une zone hypersensible, c'est la partie la plus fine du crâne, très vascularisée. Voilà. Bises.

Un coup sur la tempe ? En plus de l'éventuelle surdose d'adrénaline ? Étrange.

— Lévêque me dit que l'autopsie montre une commotion cérébrale liée à un coup sur la tempe. Toi qui pratiques un sport de combat, c'est un coup dangereux ?

— Oui, c'est un coup qui peut mettre KO ton adversaire. En MMA, tu peux donner un coup de pied ou un crochet à la tempe. Pas avec le coude, c'est interdit en France.

— Je vois. J'ai de plus en plus de mal à croire à l'accident. D'autant que l'ordinateur de Duval a disparu. Introuvable, m'a confirmé Mona.

— Si l'ordinateur est la seule chose qui a été volée, c'est évidemment son contenu qui intéressait l'assassin, répondit Haroun. J'imagine que Quentin Duval possédait des biens précieux, montre, bijoux, œuvres d'art…

— A priori, rien d'autre n'a disparu. Arthur, il va falloir que tu fouines un peu quand tu iras dans la société de production. Quelle était l'atmosphère de travail ? Quel genre de patron était-il ? Qui étaient ses ennemis ? Vu tes qualités de caméléon, ce sera un jeu d'enfant.

— Tu me vois comme un faux cul, un être mou sans grande conviction ? fit-il, faussement offusqué.

— Disons que tu as l'art de donner l'impression aux personnes en face de toi qu'elles sont les plus importantes au monde. L'ami qui les comprend mieux que quiconque. C'est un talent que je n'ai pas !

— Je confirme, rétorqua Haroun en levant la main.

— Tu nous as raconté que quelqu'un était sorti déguisé de chez Duval. Ou peut-être était-ce Duval lui-même, pour l'instant on ne sait pas. Un masque en caoutchouc… une barbichette, des lunettes et une combinaison jaune. Ça me dit vaguement quelque chose, ça va revenir, fit Arthur.

— En tout cas, si ce n'est pas Quentin Duval, cette personne peut avoir un lien avec ce qui lui est arrivé.

Après quelques secondes de silence, Haroun se leva et s'approcha de la cheminée pour tisonner les braises.

— Dis-moi, Arthur, tu as goûté les cornes de gazelle sans gluten que j'avais spécialement confectionnées pour toi et que je compte mettre sur ma carte ?

— Pas encore. Je fais gaffe au sucre en ce moment. J'ai une compétition, répondit Arthur en le regardant droit dans les yeux.

Comme tous ceux qui avaient goûté cette horreur gustative, Arthur avait soigneusement recraché l'objet du délit. Haroun plissa les yeux, jaugeant son mensonge. Trop de détails dans ses explications pour être honnête.

— Sache que ta tante m'a avoué qu'elles étaient immondes.

— Ça amuse Haroun de nous avoir sciemment donné à manger un truc imbouffable, dit-elle en levant les yeux au ciel. Pour tester notre franchise, paraît-il. Il ne t'en voudra pas d'avoir menti pour le ménager.

— Un vrai pervers, ça ne m'étonne pas, vous devriez consulter, fit Arthur sur un ton amusé. Je suis curieux de pénétrer les secrets de votre esprit tordu. Alors oui, mon père, je le confesse, je les ai mangées et elles sont directement passées de ma bouche à la poubelle.

— Mon fils, je te pardonne, répondit Haroun en mimant un signe de croix de l'index et du majeur. Et toi, il t'arrive de mentir à un patient, pour éviter de lui révéler une vérité trop dérangeante ?

— Par moments, oui, pour en ménager certains. Un jour, une femme, que je voyais séparément du mari, m'a questionné sur ses relations extra-conjugales. Je savais qu'il la trompait beaucoup. J'ai botté en touche quand elle m'a cuisiné. Il m'est arrivé de différer l'annonce d'une vérité quand je sentais que mon patient n'était pas prêt. Sur le long terme, je ne suis pas sûr que le mensonge puisse aider la thérapie. En revanche, je peux vous dire que la plupart des patients mentent. C'est intéressant, ça dit quelque chose, c'est un indice pour avancer dans l'enquête thérapeutique. Une étude américaine a récemment révélé quels étaient les bobards les plus fréquents en thérapie.

— Alors ? demanda Alice avec empressement.

— C'est souvent lié à des troubles du comportement alimentaire, à des problèmes d'image corporelle ou d'estime de soi. La culpabilité, la honte poussent un patient à mentir. Le plus souvent, ce sont des mensonges par omission. En général, c'est contre-productif. S'il existe un espace sur Terre où ils peuvent tout dire, sans crainte du jugement, c'est bien dans le cabinet d'un psy. Quelle que soit son obédience. Même si, évidemment, tous les psys ne sont pas des saints. Sur ce, chers amis, je vais me coucher, l'entraînement m'a cassé et j'ai des consultations tôt demain matin. Bonne soirée, pas de folies ce soir, c'est très dangereux les effets de la camomille sur la libido.

Alice et Haroun le fixèrent. On pouvait lire sur leurs visages respectifs le « n'importe quoi ! » que profère l'enfant à qui l'on prête des amours de cour de récréation. Afin de lever toute ambiguïté, Haroun prit congé en même temps qu'Arthur, qui le raccompagna à la porte.

Engourdie par un sentiment de bien-être absolu, Alice resta allongée sur le canapé, hypnotisée par les flammes dans la cheminée, plus que jamais persuadée, dans son demi-sommeil, que Quentin Duval avait été assassiné.

8

« Lequel vaut mieux :
d'avoir des remords ou des regrets ? »

Paul-Jean Toulet

Mona Belgazzi s'était levée de bonne humeur, heureuse de son nouveau statut de célibataire, chantonnant le tube de Selena Gomez, *Single Soon*, célébration dansante des joies futures du célibat : *Je serai bientôt célibataire/Je sortirai avec qui je veux/Je rentrerai tard si je veux/Je ferai ce que je veux.* Son ex l'avait trahie, c'était évident ; certes, elle ne possédait aucune preuve formelle mais, hélas, dans ce domaine, son flair l'avait rarement trompée. Les preuves irréfragables de son infidélité ? Son smartphone qu'il ne quittait plus des mains, comme s'il s'agissait du plus gros diamant au monde. Sa tension perceptible quand Mona tripotait son téléphone, tranchant avec l'indifférence des débuts quand ses doigts aux ongles vernis se posaient dessus – évidemment, au début de leur rencontre il n'avait pas grand-chose à cacher. Et puis il y avait tous ces rendez-vous annulés au dernier moment, son manque de temps pour passer un week-end ou des soirées à deux, sa gêne quand elle évoquait l'air de rien un reportage ou un podcast sur l'infidélité.

Pas de scandale, pas de *drama*, ce n'était pas le genre de Mona. Juste un SMS pour lui signifier son congé, avec les formes, sans reproches ni acrimonie. Elle avait mentionné dans son message une incompatibilité de caractère et d'emploi du temps. Et puis, elle souhaitait consacrer plus de temps à sa fille. Il n'avait même pas demandé à la revoir, dans un café ou au restaurant, pour essayer de comprendre sa décision. Encore une preuve irréfutable de sa culpabilité : son soulagement que la rupture vienne d'elle.

Elle était descendue vers 8 h 30 au Saint-Jean, situé à trois cents mètres du commissariat, pour boire un double expresso et pour y lire *Le Parisien*, posé sur le zinc, à côté de la corbeille de croissants et de la spirale d'œufs durs. Tandis qu'elle feuilletait le journal, elle avait failli s'étouffer en parcourant l'article consacré à la mort de Quentin Duval qui se concluait ainsi : « D'après certaines sources, la célèbre professeure en sciences criminelles Alice Bonneville soupçonnerait un meurtre, alors que la thèse de l'accident est privilégiée par les enquêteurs de la police judiciaire de Melun, en charge de l'enquête. Selon des témoins oculaires, elle s'est rendue au domicile de la victime. Pour rappel, Alice Bonneville avait résolu au printemps dernier l'enquête sur l'assassinat du pape du développement personnel, Paul Faye. »

— Merde, c'est pas possible, pesta Mona.

Elle empoigna son portable et prit une photo de l'article qu'elle envoya illico à Alice, accompagnée de trois points d'interrogation et de trois points d'exclamation, traduction polie de son courroux. Deux minutes plus tard, Mona vit apparaître sur l'écran de son téléphone les petits points de suspension qui indiquaient qu'Alice allait répondre, puis plus rien. Rebelote, des points de suspension et le néant, Alice hésitait, peaufinait sa réponse. Finalement, mieux valait l'appeler que de répondre par écrit. Mona décrocha à la première sonnerie.

— Vous vous épanchez dans la presse, maintenant ? lança-t-elle, en essayant de contenir sa colère du mieux qu'elle le pouvait, car il s'agissait tout de même de son mentor et de son amie.

— Je vous signale, Mona, que je ne suis pas citée dans l'article, le journaliste parle d'un témoin *oculaire*. Oculaire, Mona, les mots ont un sens. Vous croyez vraiment que j'irais livrer à la presse mes états d'âme sur la mort de Quentin Duval ? Hormis vous, Haroun et Arthur, je n'ai jamais évoqué mes doutes sur l'hypothèse de l'accident.

Après un bref silence, Mona répondit :

— Vous avez raison, désolée. Mais si Gerbier lit ça, il va me tuer, je vous rappelle que je vous ai laissé pénétrer sur la scène de crime. Quelqu'un a dû vous voir sortir de chez Duval le jour de la découverte du corps, un voisin sans doute.

Alice s'abstint de mentionner son interrogatoire d'Albert Pérez et de Frédéric Duval. Elle ne voulait pas lui donner l'impression qu'elle menait une enquête parallèle, sapant la confiance entre elles. Elles s'étaient promis de partager leurs informations, et Mona, le moment venu, en tirerait profit, pour accélérer son évolution. Commandante, son ambition la plus profonde. Faire mieux que son défunt père, honorer sa mémoire, lui qui n'avait jamais pu dépasser le grade d'inspecteur.

Devenir commandante, aussi, par compétition avec son collègue et ami, Lucas Mars, si différent d'elle, plus impulsif, plus téméraire. Une saine émulation qui ne remettait jamais en question leur loyauté l'un envers l'autre.

— Sincèrement, pensez-vous toujours qu'il s'agit d'un accident ?

— La légiste indique dans son rapport la présence d'une commotion cérébrale, sans doute liée à un coup à la tempe. C'est une zone très sensible. Un coup porté à cet endroit provoque une onde de choc à travers le cerveau. Une sorte de disjonction, une perturbation électrochimique. Dans ces conditions, difficile de croire à une simple glissade dans l'escalier, surtout avec la position du corps sur les marches. Instinctivement, je me dis que quelque chose ne va pas, je ne sais pas exactement quoi, mais ça cloche. Vous avez aussi évoqué ces signes cutanés inhabituels, une surdose d'adrénaline peut-être. Impossible de réaliser des analyses toxicologiques pour détecter ça. Lévitan n'a retrouvé aucune substance toxique dans son organisme. Pas de drogue ou autres poisons. Alors oui, Alice, je commence à douter.

— Nous nous rejoignons donc, à la bonne heure ! Pour info, c'est demain qu'Arthur se rend dans la société de production. Évidemment, je vous tiendrai au courant.

— Entendu. Alice, je suis désolée… Pour le ton un peu… abrupt, tout à l'heure.

— Ne vous inquiétez pas, vous vous ferez pardonner après-demain quand vous passerez à la maison, c'est vous qui concocterez les sablés à l'orange, et je serai une jurée impitoyable.

— *Deal.* Bonne journée à vous.

Après avoir raccroché, Alice décida d'aller souffler sa manière de penser aux oreilles d'Albert Pérez. C'était sans aucun doute ce petit bonhomme, l'informateur du journaliste au *Parisien*. Qui d'autre ? Quelle abrutie, se sermonna-t-elle, en tapant son nom sur Google : Albert Pérez, photographe de presse à la retraite. Quarante ans au service des plus grands hebdos people, *Paris Match*, *Jour de France*, *Gala*. Sous des airs paisibles de clerc de notaire à Nevers se cachait donc un paparazzi, avec sa mine attendrissante de veuf aimable. Elle lui aurait donné une partie de sa fortune pour ériger un mausolée à sa chère Lucienne, façon Taj Mahal. Quelle aubaine d'habiter en face d'un titan de la télé, glamour de surcroît, que d'informations à monnayer ! De quoi arrondir ses fins de mois. Impossible pour Quentin Duval de se méfier de ce petit vieux, qui devait déjà être à la retraite au moment de son ascension télévisuelle.

Une demi-heure plus tard, Alice sonnait au domicile d'Albert Pérez. Aucune réponse. Elle recula pour observer la façade et remarqua un tressaillement des rideaux au rez-de-chaussée. Elle sonna de nouveau, avec agacement. Au bout d'une minute, elle le vit apparaître sur le pas de la porte, en pyjama à carreaux et robe de chambre polaire. Il avait l'air mal en point ou, du moins, il semblait jouer le malade, se composant une mine affligée, se dit Alice en le scannant de la tête aux pieds.

— Bonjour, monsieur Pérez, je peux entrer ? intima-t-elle en pénétrant dans le pavillon sans attendre sa réponse.

— Que vous arrive-t-il ? Je suis horriblement malade, une migraine affreuse.

— Bien sûr, et moi, voyez-vous, je suis atteinte de la maladie de la casse. Quand on se moque de moi, j'ai tendance à casser la jolie porcelaine, c'est plus fort que moi. Je vois que vous collectionnez ces adorables tasses anglaises, dit-elle en désignant sa collection enfermée dans une armoire vitrée. Charmant. Un régal pour passer mes nerfs. Qu'est-ce qui vous a pris de dire à la presse que j'étais persuadée qu'il s'agissait d'un meurtre ? De quel droit, dites-moi ? Ne niez pas, c'est évidemment vous, la source oculaire citée dans *Le Parisien*. Vous me mettez dans une situation très embarrassante, voyez-vous, par rapport à la PJ de Melun. Ce genre de déclaration constitue une entrave à l'enquête.

— Mais…

— Monsieur Pérez, je vous conseille vivement de ne plus évoquer mon nom devant la presse. Enfin, vous pouvez le faire, mais si vous tenez à vos services à thé « fine bone china »… Évitez. Vraiment. Je connais le prix de ces tasses. Merci infiniment de m'avoir reçue, c'est adorable, ajouta-t-elle en fixant la vitrine.

Elle le laissa en plan, le message semblait avoir été bien assimilé. Elle décida d'aller sonner chez Quentin Duval. Une jeune femme ouvrit la porte. Sa fille. Très belle, le teint pâle, les cheveux coupés court, les yeux rougis d'avoir trop pleuré. Elle portait un pantalon baggy noir, un sweat à capuche foncé portant la mention No Future, et des baskets en cuir noir.

— Bonjour, je suis Alice Bonneville, annonça-t-elle en lui tendant la main, j'ai rencontré votre père il y a deux semaines. Nous avions un projet d'émission de faits divers. Vous êtes Julia, n'est-ce pas ? Vous lui ressemblez énormément.

La jeune fille acquiesça en se forçant à sourire.

— J'habite aussi à Valmont-sur-Loing. Je voulais vous présenter mes condoléances, je suis sincèrement désolée. Je vous ai aperçue lors de la terrible découverte, mais je n'ai pas osé vous déranger.

— Merci. Entrez, fit-elle, l'air ailleurs.

Elles s'installèrent dans la cuisine, sur des tabourets hauts face au plan de travail en marbre.

— Vous voulez un café ? Ou autre chose ?

— Non, vraiment, je vous remercie, c'est déjà très gentil de me recevoir.

Julia se servit un grand verre d'eau et s'installa à côté d'Alice.

— Comment vous l'avez trouvé quand vous l'avez vu ? Je m'en veux tellement de ne pas avoir été là le jour de sa mort...

— Allons, allons, vous n'y êtes pour rien, répondit Alice en lui prenant la main dans un geste spontané de consolation.

Julia essuya une larme en hochant la tête et en se pinçant les lèvres.

— Votre père m'a paru rayonnant, en pleine forme. Il semblait très emballé à l'idée que nous collaborions. Son enthousiasme m'a immédiatement charmée. J'aurais adoré travailler avec lui.

Julia but une gorgée d'eau. Elles s'imprégnèrent du silence qui régnait dans la cuisine – pas un silence gênant comme dans un ascenseur avec des inconnus, un silence de recueillement.

— Vous vivez ici depuis le drame ?

— Oui, j'ai besoin d'être ici. Avant de reprendre les cours, il faut que je passe du temps dans sa dernière demeure. Je m'en veux tellement...

— Pourquoi donc, Julia ? Vous n'êtes évidemment pas responsable de la disparition de votre père.

— Non... Ce n'est pas ça...

Elle se leva, prit une bouffée de sa cigarette électronique et ouvrit la fenêtre.

— Depuis quelques semaines, ça n'allait plus trop entre nous. On se disputait.

— Pour quelles raisons ? Sans être indiscrète.

— Il avait changé depuis son retour à la religion.

— Son retour à la religion ? Votre père s'était converti ?

— Il est catholique de naissance, mais pas forcément pratiquant. Sa foi s'est rallumée l'an dernier. Il s'est mis à fréquenter une église à Fontainebleau. C'était devenu très important pour lui. De temps en temps, il faisait venir le curé de cette paroisse à la maison.

— Comment se traduisait ce retour à la religion ?

— Papa était devenu un peu réac. La religion prenait de plus en plus de place dans sa vie. Il a fait une retraite au Portugal l'été dernier dans un couvent près de Lisbonne.

— Mais qu'est-ce que ça a changé, avec vous par exemple ? insista Alice, essayant de l'amener sur la question de la fluidité de genre dont lui avait parlé Mona.

— Je n'étais pas d'accord avec certaines de ses positions. Il était devenu plus moralisateur. Contre la GPA, la PMA pour toutes, mais sur un ton soi-disant bienveillant. Ça m'énervait un peu, car il voulait préserver une image cool, compatible avec l'image branchée de l'émission qu'il présentait. Alors je le provoquais. Je lui disais par exemple que je me sentais *gender fluid*, je ne sais pas si vous savez ce que c'est.

Alice opina vivement, comme pour donner l'impression que ce sujet la passionnait du matin au soir.

— Je lui disais que je ne me reconnaissais dans aucun genre, pour le pousser dans ses retranchements. C'était faux, je l'avoue et je regrette cette provocation stupide. De m'être disputée avec lui la dernière fois que je l'ai vu, c'est horrible.

Elle éclata en sanglots. Alice se leva et la prit dans ses bras, comme s'il s'agissait de sa propre fille.

— Asseyez-vous, je vais vous servir un autre verre d'eau. Tenez, buvez.

Julia la remercia en hochant la tête.

— Pourquoi votre père avait retrouvé la foi ? Y a-t-il eu, à votre connaissance, un élément déclencheur ?

— Je ne saurais pas trop vous dire… J'ai l'impression que papa se sentait un peu coupable d'avoir été absent avec moi. Il me le disait souvent ces derniers temps, avant qu'on commence à se disputer. C'est un peu foireux comme explication, il y en a sûrement d'autres. Mon père m'a eue jeune, à vingt ans, il a quitté ma mère quand j'étais bébé. Sa carrière était devenue plus importante que sa vie de famille, mais attention, je ne lui en veux pas. La télé, c'était son rêve de gosse. J'avais quatre ou cinq ans et je demandais à ma mère « Pourquoi papa est à la télé et pas à la maison ? » Même si je ne le voyais pas beaucoup, c'était un chouette père. Vraiment. J'ai reçu beaucoup d'amour de sa part.

Julia s'interrompit pour consulter son smartphone. Elle lui tendit une photo d'elle avec lui, quand elle était petite.

— Avec votre mère, ça se passait bien ?

— Oui, il a toujours été super avec elle. Elle n'a manqué de rien. Il n'y a jamais eu de haine entre eux. Au contraire de l'autre…

— Elle marqua une pause.

— L'autre ?

— Sa dernière ex. Avec elle, c'était la guerre totale. *Game of Thrones*. Elle lui a fait la misère. C'était sanglant entre eux. Elle doit se régaler de sa mort, la salope.

Elle joignit ses mains comme pour se faire pardonner.

— Oh, madame…

— Bonneville, appelez-moi Alice.

— Alice, je m'excuse pour cette vulgarité. C'est pas du tout mon genre, mais cette femme a fait beaucoup de mal à mon père. Vous vous rendez compte, elle a utilisé des pseudos pour écrire des horreurs sur lui sur les réseaux sociaux ! Quand papa a découvert qu'elle le pourrissait anonymement dans les commentaires de ses émissions, il a fait une crise cardiaque.

— Une crise cardiaque ? répéta Alice pour l'inciter à développer.

Julia termina son verre d'eau.

— Ça s'est passé à son bureau. L'un de ses employés menait l'enquête pour savoir qui se cachait derrière ce pseudo. Papa a fait un malaise cardiaque quand il lui a appris que c'était ma belle-mère.

— Mais c'était la première fois qu'il faisait un tel malaise ? demanda Alice, surprise.

— Oui. J'ai appris récemment qu'il était suivi par un professeur, spécialiste en médecine interne. Je pourrai lui demander des précisions si vous voulez.

— Oui, je veux bien, merci. Et, à part votre horrible belle-mère, dit Alice pour marquer sa connivence, votre père avait-il des ennemis ?

— Comme tout le monde, il avait ses *haters* sur les réseaux sociaux. Après, je sais que ça s'est très mal passé avec un directeur de production de sa société. Il l'avait viré.

— Vous avez son nom ? Vous connaissez les raisons de son renvoi ?

— Pas vraiment, je crois que ça passait mal avec les autres personnes de la boîte, avec les femmes surtout. Vous pouvez demander son nom à mon oncle. Mais pourquoi vous me posez toutes ces questions ? C'est la police qui vous envoie ?

— Julia, votre père était célèbre, il ne faut se fermer aucune porte sans pour autant laisser de place aux thèses complotistes. Mais rassurez-vous, il s'agit certainement d'un accident, mentit Alice.

— Je vois…

— Et comment ça se passait avec votre oncle ? Il n'a jamais souffert d'être dans l'ombre de votre père ?

— Non, mon père avait totalement confiance en lui. C'est son contraire, quelqu'un de discret, pas fan des projecteurs. Ils se complétaient bien.

À mesure qu'elle parlait à cette inconnue qui lui inspirait confiance, Julia retrouvait le sourire, un bien-être inattendu en cette période de deuil.

— Ah oui, j'oubliais, la police vous a sans doute interrogée à ce sujet : savez-vous où se trouve l'ordinateur portable de votre père ?

— Aucune idée. Ces derniers temps, je sais qu'il détestait qu'on l'utilise, il devenait un peu nerveux quand on tournait autour.

— Merci beaucoup, Julia, d'avoir pris le temps de discuter. Tenez, voici ma carte, si un jour vous avez envie d'échanger autour d'un thé, je serais ravie de vous revoir à la maison.

Quelques minutes après son départ, Alice reçut un message.

Vous vous seriez super bien entendue avec papa, je le sens. À très bientôt et merci beaucoup d'être passée. Julia

Une fois revenue chez elle, Alice troqua sa tenue pour une jupe crayon fendue, un blazer et des escarpins. Elle devait assister à une réunion qui s'annonçait barbante, au siège des Biscuits Bonneville, à Fontainebleau. En fin d'après-midi, elle fit une pause au London-Essaouira, où elle prit un thé et des scones, sa drogue favorite pour absorber le stress de la journée.

— Sa fille vous a donc fait bonne impression ?

— Très bonne, elle est vraiment adorable. Ça lui a fait du bien de parler, je crois.

— Alice Bonneville, l'accoucheuse des âmes en peine. Alice, la maïeuticienne ! Plus sérieusement, il va falloir que vous enquêtiez sur l'ex-tarée, sur le type que Duval a viré et sur les raisons de son retour de flamme religieux.

— Oui. Et puis il y a cet ordinateur. Où est-il passé ? Julia m'a confié que Quentin Duval devenait nerveux quand elle voulait l'utiliser. Un peu comme vous quand vous n'aimez pas trop qu'on touche votre téléphone. Je suis persuadée que vous dissimulez un passé de strip-teaser dans les clubs interlopes de Lille. Prof de français le jour, et go go dancer la nuit… Je suis sûre qu'on trouverait beaucoup de vilaines choses sur votre iPhone ! lança Alice d'un air malicieux.

— Si vous saviez… Il vous faudrait une thérapie pour surmonter le traumatisme. Vraiment, je vous le déconseille.

Alice sourit en buvant une gorgée de thé brûlant, songeant à ce qu'elle cachait dans son propre téléphone. Puis elle se leva pour observer la rue brumeuse et quasi déserte, déjà éclairée par les lampadaires publics, à 17 heures à peine. Elle reconnut la silhouette de Mme Verlet – nul ne l'appelait jamais par son prénom – qui tirait son cabas à provision. Elles se verraient ce soir au club de lecture. Son chignon gris, ses demi-lunes sur le bout du nez, son sourire profondément bon, lui rappelaient son institutrice de CP, Mme Ruffié, une belle âme qui lui avait donné le goût des livres. Il n'y avait pas grand monde non plus dans le salon de thé, seulement un vieux couple d'habitués qui revenaient de leur randonnée en forêt. Un œil peu avisé aurait pu les prendre pour des frères et sœurs, tant ils avaient déteint l'un sur l'autre. Avaient-ils encore besoin de se parler pour exprimer leur amour ? Un pouce qui essuyait des miettes de gâteau sur les lèvres de l'un, un index qui recoiffait les mèches folles de l'autre, cela suffisait. Ils se regardaient et se souriaient, sans haine et sans reproches, une conversation muette qui attendrissait Alice. Elle soupira et ferma les yeux en priant pour que cela lui arrive à nouveau.

— Vous méditez ? Je croyais que vous détestiez ça, lui glissa Haroun à l'oreille.

Elle sursauta.

— Vous m'avez fait peur. Je pensais à la mort de Quentin Duval.

— Laissez reposer la pâte, on en reparle ce soir autour d'un bon vieux rhum, après le club…

9

« Parce qu'on ne peut pas vivre
sans quelqu'un à aimer. »

Romain Gary

Comme d'habitude, Mme Verlet était arrivée la première et, comme d'habitude, elle avait donné un coup de main pour déplacer les tables, disposer les chaises et les fauteuils en cercle, déposer sur des plateaux en métal argenté les scones aux raisins, les crumpets à la fleur d'oranger, les tartelettes aux poires, les mini-sandwichs au saumon et au concombre, allumer les photophores. Sa vélocité et sa force de travail impressionnaient tout le monde. La fois où, après une séance du club, Haroun avait voulu lui prendre le balai des mains avec la sollicitude réservée aux personnes impotentes, Mme Verlet avait fait preuve d'une résistance physique qui avait étonné Haroun.

Il avait lu dans son regard : « Je vous conseille de ne plus jamais me prendre pour une grabataire. »

Vers 19 h 30, les membres du club arrivèrent au London-Essaouira. Une quinzaine de personnes papotaient en attendant Agathe Saint-Vincent, la libraire de Valmont-sur-Loing qui présidait les débats et débarquait toujours en retard – c'était devenu sa marque de fabrique. Chacun avait pris possession de sa place habituelle. Alice Bonneville était assise en face d'Haroun. Installé à côté de Mme Verlet, Pascal Boitard, le publicitaire qui vivait une pré-retraite dorée, consultait ses notes d'un air pénétré, conscient qu'il allait bientôt révéler à la face du monde la vérité ultime sur *Bartleby le Scribe*. Alice remarqua un nouveau venu, un blond aux cheveux bouclés et aux yeux bleus, plus grand qu'elle, la cinquantaine bien entretenue, vêtu d'une chemise blanche et d'un pantalon en lin beige. Il arborait un petit sourire en coin qui aurait pu paraître arrogant sans ce regard empreint d'une candeur désarmante. Ils se saluèrent d'un signe de tête, les yeux dans les yeux. Alice ne put s'empêcher de l'observer à nouveau pendant qu'il conversait avec Mme Verlet, qui riait de bon cœur à chacune de ses réflexions. Alice remarqua que Pascal Boitard l'observait aussi, avec nettement moins de bienveillance. Sa bouche et sa mâchoire se contractaient à mesure que le nouveau mettait dans sa poche la doyenne du club, qui lui tournait ostensiblement le dos. Agathe Saint-Vincent arriva avec un quart d'heure de retard, s'excusant mille fois, tout en se débarrassant de son trench-coat beige et de son écharpe en soie verte. Elle s'enfonça avec délectation dans le fauteuil en cuir usé qui lui était réservé.

— Bien, je tiens à remercier notre cher Haroun de nous recevoir encore une fois dans son salon de thé.

Comme un rituel, en entendant ces mots élogieux, Haroun salua l'assistance en joignant les mains et en baissant la tête.

— Je suis heureuse de vous voir aussi nombreux. Vous avez à nouveau choisi les pouvoirs de la lecture. N'oubliez jamais cette phrase d'Umberto Eco : « Celui qui ne lit pas n'aura vécu qu'une vie : la sienne ; celui qui lit en aura vécu cinq mille. La lecture est une immortalité en sens inverse. » Je suis donc ravie de recevoir un nouvel immortel ce soir, annonça-t-elle en désignant le blond quinquagénaire, soudain intimidé par la quinzaine de paires d'yeux qui le scrutaient.

— Ne soyez pas timide, présentez-vous, fit-elle en souriant.

— Bonsoir, je m'appelle Gaëtan Le Bellec, nous avons déménagé à Valmont-sur-Loing cet été. Agathe m'a fortement incité à m'inscrire au club, vous connaissez sa force de persuasion, je n'ai pas pu résister. Je n'ai surtout pas pu résister à l'idée du buffet. Sachez que je suis l'un des plus grands pique-assiettes du pays et un champion du monde pour parler des livres que je n'ai pas lus.

L'assemblée s'esclaffa, sauf Pascal Boitard et Victoire de Rosemonde, la cousine éloignée snob d'Alice, qui ne lisait jamais les livres du programme, s'abstenant prudemment de participer aux débats.

Nous avons déménagé. Encore un séduisant quinqua indisponible sur le marché, c'est bien ma veine, songea Alice, un peu dépitée.

— Bien, commençons, reprit Agathe Saint-Vincent en chaussant ses nouvelles lunettes rouge-carmin à monture épaisse, coordonnées à ses ongles peints… *Bartleby le Scribe*. Melville raconte donc l'histoire de ce gratte-papier chez un avoué new-yorkais qui oppose une résistance passive au monde avec l'une des plus célèbres phrases de la littérature, « Je préférerais ne pas » ou « Je ne préférerais pas », selon les traductions. Qu'avez-vous ressenti à la lecture de cette nouvelle ?

demanda-t-elle avec gourmandise, en se frottant les mains.

En tant qu'ancien professeur de lettres connaissant la terreur de celui qui prend la parole en public le premier, Haroun se lança en éclaireur :

— Ce qui m'a vraiment plu, c'est le côté tragicomique de Bartleby. Avec une grande humanité, Melville montre l'inutilité de notre existence face à un univers indifférent, l'inutilité de notre présence sur cette minuscule poussière qu'est la Terre. Bartleby, c'est un peu notre frère en mélancolie et en distanciation face à l'absurdité du monde. Au plus profond de son être, Bartleby sait que nos agitations sont vaines. Pour s'en sortir, il faut se faire le moins de souci possible, contempler le désastre en se retirant dans sa cabane.

— Ah bon ? Selon vous, ce Bartleby est *notre* frère en mélancolie ? Et en distanciation ? coupa Pascal Boitard, tout en consultant ses notes. Parlez pour vous ! Vous vous extasiez sur ce type ? Ce fainéant ? Ce passif agressif ?

— Ce passif agressif ? s'étrangla Haroun.

— Oui, parfaitement, votre Bartleby est un passif agressif. Comme vous le savez, j'ai dirigé un groupe publicitaire de dimension internationale et je peux vous assurer que je m'en suis cogné des Bartleby. Des incapables qui faisaient de la résistance passive pour saboter la boîte ! Surtout des femmes, oui des femmes, désolé de ne pas être woke, asséna-t-il en fixant Agathe Saint-Vincent, qui affichait un air consterné. Vous n'imaginez pas leur pouvoir de nuisance par-derrière, avec leur manière de ne pas faire totalement hypocrite. Melville est un génie. Il avait pressenti ce fléau du monde du travail avant les autres. Un génie, je vous dis ! s'enflamma-t-il. Et son patron, un lâche qui se soumet devant cette feignasse, mais moi, je peux vous dire que…

— Allons, Pascal, ne vous mettez pas en colère. Vous êtes resté insensible à la fin poignante de Bartelby ? tenta Agathe, avec le ton d'un négociateur du RAID face à un forcené.

— Mais il n'a eu que ce qu'il méritait ! Crever dans sa cellule de prison. Et la responsabilité de ses actes, vous en faites quoi ? Vous trouvez que c'est injuste ce qui lui arrive ? Il l'a bien cherché ! répliqua Pascal Boitard.

Silence.

— Pascal n'a pas tort, intervint le nouveau venu, à la grande surprise d'Alice. Après tout, sa mort était en germe dès les premières pages, il se meurt sous nos yeux. Melville nous raconte le lent suicide d'un dépressif mélancolique. C'est un grand livre sur la dépression. Tout dépressif « préférerait ne pas ». Tout dépressif préfère rester au fond de son lit. S'extraire du monde, ne plus se coltiner l'agitation du monde. Lui tourner le dos. Dormir ! Qu'on lui fiche la paix une bonne fois pour toutes ! C'est sa passivité dépressive qui le condamne à mort.

Pas faux, songea Alice, mais il était hors de question de donner raison à cet idiot de Boitard.

— Vous avez l'air de bien connaître le sujet, répondit Alice avec une pointe d'ironie.

— J'ai fait une dépression après mon divorce. Si ça vous intéresse, je vous fournirai les détails de cette traversée des ténèbres quand nous prendrons un verre tout à l'heure.

Haroun lança un regard à Gaëtan qui indiquait peu aimablement : « Tu fais quoi, mec, là ? » Alice ne s'attendait pas à cette réponse et fut prise d'une bouffée de chaleur qui la fit instantanément transpirer.

— Excusez-moi... Je... Je ne voulais pas être intrusive.

Il opina pour l'absoudre, tout en souriant en coin.

— Moi, ce que j'ai trouvé très actuel, c'est justement la puissance passive de Bartleby, intervint Clarisse Dujardin, étudiante en lettres, la silhouette frêle et la voix étonnamment cassée, vêtue d'une robe noire, les cheveux noirs tressés, avec un tatouage de lionne au bras droit.

C'était la plus jeune membre du club.

— Bartleby refuse de faire ce qu'on lui demande et ça devient dérangeant. C'est fou qu'il puisse provoquer un tel malaise chez les autres, alors qu'il ne fait *rien*. Il dit : « Je ne préférerais pas », mais en fait, il refuse. Il ne fait rien malgré les demandes répétées de ses supérieurs. Ce type est trop fort. C'est un champion de la désobéissance civile. On devrait tous prendre exemple sur lui. Vous imaginez si on refusait de consommer, comme on nous l'ordonne du matin au soir ?

— Ah, c'est sûr… Ce serait la ruine, le désastre, la chienlit, répondit Pascal Boitard avec mépris.

— C'est votre génération pourrie gâtée qui a ruiné la planète, qui a provoqué ce désastre, répondit-elle du tac au tac. Il n'y a pas eu assez de Bartleby pour stopper vos conneries.

— Nous nous éloignons du sujet, recadra Agathe Saint-Vincent.

Les débats continuèrent pendant une heure, puis se poursuivirent autour du buffet. Alice discutait avec Mme Verlet en dégustant un sablé tomates séchées parmesan.

— Il faudra que vous passiez à la maison. Depuis le temps que nous nous connaissons. Je serais honorée de partager un thé. Nous avons tant de choses à nous dire, dit-elle en clignant de l'œil, en l'observant par-dessus ses demi-lunes. Je vous ai vue.

— Comment ça, vous m'avez *vue* ? répondit Alice, soudain sur la défensive, mais comprenant très bien où Mme Verlet voulait en venir.

— Le nouveau. Je vous ai vue. Très bel homme, en effet. Et plein d'esprit.

— Il s'agit simplement d'un légitime intérêt pour un nouveau membre du club, se justifia Alice.

— Mais oui, bien sûr, un légitime intérêt, fit-elle en croquant dans une corne de gazelle à la noisette, l'air dubitatif. Il y a des regards qui ne trompent pas.

— Je vous le concède, ce Gaëtan Le Bellec semble très avenant.

— Oui, très avenant, répéta-t-elle en croquant à nouveau dans son biscuit.

— Pardon, j'ai cru entendre mon prénom, le fameux effet cocktail party, fit-il en s'approchant d'elles, un gobelet de cidre à la main.

Mme Verlet adressa un nouveau clin d'œil à Alice tout en s'éclipsant.

— L'effet cocktail party ?

— Quand vous entendez votre prénom dans le brouhaha d'une réception. Mais je n'ai pas entendu la suite. J'espère que vous disiez des choses affreuses sur moi. Être considéré comme le nouvel épagneul breton du groupe, non merci. Je préfère être perçu comme le mystérieux renard prêt à tous les mauvais coups, fit-il en plissant les yeux et en prenant une voix grave.

— Vous me faites plutôt penser à un coq satisfait de ses bons mots.

— Aïe… Touché, fit-il en portant ses paumes au niveau du plexus comme s'il avait pris une balle en plein cœur. Vous n'y allez pas de main morte avec les nouveaux. Ça fait partie du bizutage ?

— Veuillez m'excuser, je vous taquinais. Je n'en pensais pas un mot, sauf peut-être pour le coq. C'est flatteur d'être comparé à un coq, non ?

— Oui, bien sûr, du moment que vous ne me comparez pas à un poulet chétif, ça me va. Alice, c'est bien ça ?

— Alice Bonneville, répondit-elle en lui tendant la main.

— Gaëtan Le Bellec, pour vous servir.

Il disait la vérité, ce n'était pas une formule toute faite. Il voulut la servir dès qu'il la vit, à la façon d'un chevalier du XIIe siècle. Il avait immédiatement ressenti l'envie, non, plutôt le besoin de passer du temps avec elle. Comme s'il avait retrouvé une vieille amie. À l'image de beaucoup au club de lecture et partout dans le monde, il était un platonicien dans l'âme. Quelque part sur la planète existait quelqu'un qui vous correspondait. Sa venue au club était-elle due à un simple hasard ? Ou s'agissait-il d'une prédestination ? L'avenir le dirait. Quoi qu'il advienne, il était heureux de l'avoir rencontrée, mais il ne fallait pas montrer un trop grand empressement. Il enchaîna avec les banalités d'usage.

— Vous êtes originaire de la région ?

— En partie, mon mari avait des attaches familiales à Valmont-sur-Loing. Nous habitions à Paris en semaine et ici le week-end. C'est désormais ma résidence principale.

— Votre mari ne vit plus avec vous ?

— Il ne vit plus du tout, j'en suis la première désolée.

— Oh... Veuillez excuser ma maladresse. Je suis absolument confus, dit-il en triturant son gobelet en plastique.

— Mais non, Gaëtan, vous ne pouviez pas savoir. Et vous, quel bon vent vous amène à Valmont ?

— Eh bien... Le besoin de stabilité... Après avoir pas mal bourlingué pour mon travail, j'ai ressenti l'envie de me poser. De trouver la paix de l'âme, près d'une forêt et d'une rivière, dans une petite ville enchanteresse au riche passé, pas trop loin de Paris... Wow... J'ai l'impression de parler comme une annonce immobilière de luxe.

— Pas faux, répondit-elle en mimant un air ennuyé.

— Bref, j'ai surtout hérité de la maison de mon oncle. Il n'avait pas d'enfant et j'étais son neveu préféré. J'y ai emménagé avec mon chien il y a quelques semaines. Mon fils vient de temps en temps le week-end.

— Vous êtes donc divorcé.

— Oui. Nous en parlerons une autre fois, peut-être. J'espère que nous nous recroiserons, fit-il en baissant la tête à la manière d'un officier autrichien saluant Sissi l'impératrice.

— J'espère aussi. À très bientôt.

Il s'éloigna pour sauver Agathe de Saint-Vincent des griffes de Pascal Boitard, qui lui tenait la jambe depuis une demi-heure.

Alice comptait-elle sur l'opération du Saint-Esprit ou sur les mannes d'une déesse hindoue pour le revoir avant le prochain club de lecture ? Elle aurait pu lui demander son numéro de téléphone, mais c'était abattre trop clairement son jeu. Pourquoi ne pas le suivre sur Instagram, l'air de rien ? Ou mieux, sur LinkedIn. Elle attendrait quelques jours pour le contacter.

— Alors ?

Mme Verlet s'était approchée sans bruit, la faisant sursauter.

— Madame Verlet, je ne vous connaissais pas sous ce jour, répondit Alice, faussement offusquée.

— Je vous l'ai dit, Alice, prenons un thé, nous avons beaucoup de choses à nous raconter.

10

« Le sentiment de culpabilité
est un aiguillon puissant. »

Paul Auster

Un quart d'heure plus tard, Alice retrouvait la chaleur de son lit. Pendant longtemps, lorsqu'elle sortait le soir, quand Arthur s'absentait, elle laissait quelques lampes allumées, se donnant l'illusion que Georges l'attendait à la maison. Depuis quelques semaines, Alice avait naturellement abandonné cette habitude, éteignant toutes les lumières quand elle partait. Démaquillée, douchée, hydratée, elle soupira en regardant la place vide à la gauche du lit. S'endormir à deux. Se rassurer mutuellement, se raconter les menus évènements et les petites tragédies de la journée, rire et se comprendre en un regard. Elle s'imaginait allongée avec Gaëtan Le Bellec.

Non, elle n'éprouvait plus de gêne à l'idée de partager son lit avec un autre que Georges. Au bout de quelques minutes, elle s'endormit dans un état d'apesanteur.

Elle se réveilla subitement, en sueur, vers 4 heures du matin.

— Où est son téléphone ?

Elle n'avait pas cauchemardé, mais une préoccupation inconsciente l'avait brutalement tirée de son sommeil. Elle avait rêvé de Quentin Duval, étalé dans l'escalier, enveloppé dans un halo où l'on ne distinguait ni les traits de son visage ni les contours de son corps. Une apparition spectrale.

Elle jeta un œil sur le cadran rétro-éclairé de son radio-réveil. Elle attendrait 5 heures pour envoyer un SMS à Mona. Alice s'étira sous la couette, enchaînant les postures de yoga et les exercices de respiration. Puis elle descendit à la cuisine confectionner des muffins anglais. Si elle n'en dégustait pas au petit-déjeuner, sa journée serait ratée. Une pensée magique absurde pour se motiver.

De la farine, du beurre, du lait, de la levure boulangère, une pointe de sel, un soupçon de sucre. Tandis qu'elle était hypnotisée par le mouvement planétaire du crochet pâtissier qui amalgamait la pâte, Alice essayait encore et toujours de comprendre ce qui clochait dans la mort de Quentin Duval. Pour l'instant, pas l'ombre d'une preuve solide pour accréditer la thèse d'un assassinat. Cette histoire de surdose d'adrénaline à laquelle elle s'accrochait ? Impossible à prouver. L'hématome sur la tempe droite ? Pas encore de certitude sur sa provenance. Le tableau général de cette affaire donnait à première vue l'impression d'une mise en scène grossière, mais, paradoxalement, rien ne permettait de s'opposer franchement à la thèse de l'accident. D'ailleurs, Mona croyait modérément à un meurtre, même si elle commençait à douter un peu. Quelles étaient les pistes possibles ? Le frère ? Pourquoi tarir la source nourricière ? Frédéric Duval était-il un Caïn en puissance, prêt à éliminer son frère ? Mais pour quel motif ? La haine ne semblait pas être le principe directeur de leur relation. Arthur creuserait cette piste quand il traînerait ses oreilles dans la société de production. Et il y avait ce directeur viré pour harcèlement moral et sexuel. Un suspect crédible. Si elle pouvait l'interroger… Encore faudrait-il trouver un motif pour l'approcher.

Alice arrêta le robot et forma une boule sur le plan de travail, déposa la pâte dans un saladier avant de la recouvrir d'un torchon en lin. Trente minutes de repos.

Le temps de regarder un épisode de la série *Only murder in the building*. Alice était fan du trio d'enquêteurs interprété par Selena Gomez, Steve Martin et Martin Short, son préféré, élégant petit bonhomme new-yorkais à l'humour hystérique et aux reparties baroques.

Après avoir façonné les muffins, elle les déposa dans une poêle en fonte légèrement graissée, puis elle envoya un message.

Hello Mona, je me suis réveillée en sursaut cette nuit en me demandant si vous aviez trouvé le téléphone de Quentin Duval.

Amitiés, Alice.

Une heure plus tard, Mona était attablée devant une assiette de muffins anglais et une tasse de thé earl grey. Elle avait complètement zappé de concocter les sablés à l'orange mais se garda bien de le faire remarquer à Alice.

— On a retrouvé son portable dans sa poche, oui. Pour l'instant, il n'a rien révélé d'extraordinaire.

— Des SMS qui pourraient nous être utiles ?

— Rien de spécial. Des échanges professionnels, des messages de sa fille ou de son ex-compagne, la mère de son jeune fils, pour parler de l'organisation de la garde alternée.

— Aucun échange qui pourrait nous orienter vers une piste non accidentelle ?

— Non.

— Que dit la géolocalisation de ses derniers déplacements ?

— La fonction a été désactivée. Il faut attendre l'analyse des antennes relais où le téléphone aura borné.

— En dépit de l'absence de preuves, la thèse de la mort accidentelle me paraît toujours faible. En même temps, si c'est un meurtre, la mise en scène est assez grossière. Et je concède que, selon le principe du rasoir d'Ockham, la piste accidentelle semble effectivement la plus probable.

Mona la fixait l'air agacé, ne comprenant pas où elle voulait en venir.

— Il s'agit d'une théorie inventée par Guillaume d'Ockham, un philosophe du Moyen Âge. Pas besoin de rechercher des théories complexes ou alambiquées, l'explication la plus simple est souvent la plus probable. Cela repose sur un principe de simplicité. Si les romans policiers s'appuyaient sur le principe du rasoir d'Ockham, leur lecture nous tuerait d'ennui.

— Nous n'avons aucun élément matériel pour accréditer un meurtre. Je sais que la position du corps dans l'escalier vous paraît étrange, mais ce n'est pas une preuve solide. Vous le savez mieux que moi, les impressions ne valent rien devant une cour criminelle.

— Et la blessure à la tempe ?

— Une contre-expertise affirmerait que Quentin Duval s'est cogné contre la rampe d'escalier ou sur le nez d'une marche. Nous en aurons le cœur net avec le rapport officiel d'autopsie, dans quelques jours. En attendant toutes les théories sont possibles.

— Je vous l'accorde, rien de tangible pour l'instant.

— Non, répondit Mona en engouffrant son troisième muffin accompagné d'une épaisse couche de beurre demi-sel.

Alice s'était prudemment contentée d'un seul muffin, contrariant sa gourmandise naturelle. Le lent poison de la frustration faisait son œuvre. Comme Mona, elle avait envie d'en enfourner un deuxième, puis un troisième et pourquoi pas un quatrième, avec beaucoup, beaucoup de beurre et de confiture. Mona avait l'insolence de se goinfrer sans prendre un gramme, par la grâce d'un métabolisme de trentenaire ultra-sportive.

Pour ne pas se ruer sur les muffins une fois la policière partie, Alice les emballa dans du papier aluminium.

— Tenez, ça ne fera pas de mal à vos collègues qui doivent se taper vos pancakes.

Alice la raccompagna jusqu'au portail, puis elle enfila une paire de baskets, une écharpe et un bonnet avant d'aller se promener au bord du Loing, en direction de Saint-Mammès, au confluent de la Seine. Il ne faisait pas encore tout à fait jour, le ciel était couvert et des brumes fumantes s'évaporaient de la rivière. Alice marcha à vive allure pendant une heure jusqu'au petit port de Thomery et revint chez elle d'un pas encore plus rapide, comme si elle expiait le malheureux muffin englouti. Au cours de la randonnée, une idée la tenaillait : rencontrer le prêtre qui avait accompagné la mue spirituelle de Quentin Duval.

Bonjour Julia, j'espère que le moral tient bon. La dernière fois, vous m'aviez parlé du curé d'une église à Fontainebleau fréquentée par votre père, auriez-vous son nom ou celui de l'église ? Je vous remercie infiniment ! Amicalement, Alice.

Une fois revenue chez elle, Alice se doucha et termina par un jet froid, en commençant par les chevilles avant de finir par le visage. Une douche glacée censée raffermir chairs et esprit. Elle regretta aussitôt cette initiative masochiste et sortit de la douche à l'italienne en grognant comme un grizzli. Pourquoi défier sa nature douillette en explorant les voies déplaisantes de la douche glacée, un matin d'hiver de surcroît ! Quelle injonction stupide ! pesta-t-elle en grelottant et en enfilant un peignoir d'hôtel. Pourquoi quitter la douce quiétude de sa zone de confort, quand on avait la chance d'en posséder une, justement, contrairement à la majorité des habitants de cette planète, qui ne pouvaient pas disposer de toilettes décentes, boire du thé earl grey à leur guise ou déguster des scones aux raisins, enveloppés d'un plaid, près d'un feu de cheminée ? Pendant des millénaires, *homo sapiens* avait vécu dans la terreur, le froid et la faim, et aujourd'hui, en ce premier quart du XXIe siècle, elle jouissait d'un bonheur simple qui passait par l'absence de douleur, pour reprendre une idée chère à Épicure : l'absence de souffrance corporelle et de trouble de l'âme. Non, songea-t-elle en hydratant son corps lisse d'une lotion à base d'huile de grenade, la douleur ne nous apprend strictement rien. Tout ce qui ne te tue pas te rend plus fort, rabâché jusqu'à la nausée. Elle détestait cette idée de Nietzsche. Non, tout ce qui ne me tue pas ne me rend pas plus forte. Le dolorisme qui entourait cette sentence lui était insupportable. Un malade en soins palliatifs, martyrisé par d'atroces souffrances, ne tirait aucun enseignement de ses douleurs. Dans les dernières semaines de sa vie, son cher Georges n'avait strictement rien appris de son accident vasculaire cérébral. Cela ne l'avait pas rendu plus *fort*, mais plus vulnérable, effrayé à l'idée de la laisser seule.

Assise devant la glace ovale de sa coiffeuse, qui avait jadis appartenu à sa mère, Alice lut le SMS de Julia. Elle lui avait envoyé le nom du curé, Benoît Canguillem. Il officiait à l'église Saint-Jacques, une petite bâtisse moderne construite dans les années 1970, destinée à l'origine aux immigrés portugais, à Avon, une commune populaire, mitoyenne de Fontainebleau.

Alice était fascinée par la foi sincère ou par l'athéisme le plus vif. Devenue agnostique au fil des années, il lui paraissait fou de croire ou de ne pas croire en Dieu. Il lui semblait préférable d'observer les mystères de la Création et de la fin des temps depuis son promontoire sceptique.

Une heure plus tard, elle se garait sur le parking d'une petite cité arborée, composée de boîtes à chaussures de trois ou quatre étages. Elle descendit de sa Coccinelle et traversa l'esplanade où trônait une sculpture abstraite, un empilement de grosses assiettes en acier surmontées d'une boule en béton, en face de l'église Saint-Jacques. Elle avait du mal à imaginer Quentin Duval prier ici, dans ce quartier populaire et surtout dans ce bâtiment banal où seuls quelques vitraux modernes et une croix en chêne indiquaient qu'il s'agissait d'un lieu de culte.

Alice pénétra dans l'église, quasi vide à cette heure de la journée. Deux femmes priaient, côte à côte, le visage empreint de ferveur, récitant les mêmes psaumes à voix basse, assises au premier rang, près de l'autel en pierre massive. Une pancarte indiquait l'accès au presbytère au premier étage. Alice se faufila dans l'étroit escalier et frappa deux coups brefs à la porte.

— Oui, entrez.

Elle avait prévenu le père Canguillem de son arrivée. Il l'attendait, derrière un bureau en bois qui ressemblait à celui d'un écolier, trop petit pour lui. La pièce était décorée avec simplicité. Un pan de mur était recouvert de dessins d'enfant. Alice fut surprise de tomber sur un jeune quadragénaire à la carrure de rugbyman, la peau hâlée, les yeux noirs, aux épais cheveux bruns.

Il se leva, lui serra la main avec chaleur, puis l'invita d'un signe de la tête à s'asseoir face à lui.

— Quel plaisir de faire votre connaissance, madame Bonneville ! Quentin Duval m'avait parlé de vous avec enthousiasme. Et je connaissais bien sûr vos exploits d'enquêtrice.

— À quelle occasion vous a-t-il parlé de notre rencontre ?

— La veille, il m'avait invité à dîner chez lui. Il se faisait une joie de vous voir.

Son visage devint soudain triste, puis il inspira comme s'il s'apprêtait à plonger en apnée.

— Je suis en train de régler les derniers détails des obsèques. Elles auront lieu la semaine prochaine. C'est très difficile pour moi. Quentin était beaucoup plus qu'un ami. C'était comme un frère. Et par un curieux jeu du destin, je suis devenu son père spirituel.

— Depuis quand le connaissiez-vous ?

— Eh bien… Nous avons débuté ensemble à la télé. Je faisais partie de son premier cercle quand il a commencé à produire ses émissions, à la fin des années 2000. Nous nous sommes rencontrés au cours d'un stage, dans l'émission « Le Vrai du Faux », pendant l'élection présidentielle de 2002. J'ai oublié le nom du présentateur. Une énorme vedette à l'époque, qui tutoyait les politiques à l'antenne. Un horrible personnage qui se gorgeait du jus de son ego. Et les petites mains comme Quentin et moi n'avions pas le droit de lui adresser la parole. La cour obséquieuse qui l'entourait nous faisait marrer. On s'était promis de ne jamais ressembler à ces gens-là.

Il s'interrompit.

— Je suis désolé, je manque à tous mes devoirs. Je ne vous ai même pas proposé un thé ou un café, s'excusa-t-il en se levant et se dirigeant vers une petite table en formica sur laquelle reposaient une cafetière et une bouilloire électrique, des sachets de thé et un paquet de café premier prix.

— Un verre d'eau m'ira très bien.

Après avoir fouillé dans un placard, il lui tendit une petite bouteille en plastique et un gobelet en carton.

— Vous avez donc travaillé avec Quentin Duval, avant de devenir prêtre…

— J'ai goûté à tous les plaisirs de la vie avant de rencontrer Dieu. Comme saint Augustin, en toute modestie. Nous avons débuté très jeunes dans ce métier. C'est allé particulièrement vite pour Quentin. Chroniqueur vedette dans « Le Grand Soir », sur la chaîne branchée du moment. Il a ensuite produit son premier show sur une petite chaîne du câble. J'étais son rédacteur en chef. Je l'ai suivi quand il a été choisi pour présenter « Le Grand Direct ». Au fil des mois, ça devenait trop dur pour moi. Trop de pression. Trop de sorties nocturnes incompatibles avec ce rythme de fou. J'étais devenu le type que je ne voulais surtout pas devenir. Arrogant, vaniteux, aigri. Revenu du tout. Une dépression s'est abattue sur moi. J'ai dû quitter la société de production pour me soigner. Et puis... Quentin a enchaîné les succès en présentant « Incontournable », en produisant des jeux, des documentaires, des talk-shows. Contrairement à moi, il a su garder la tête froide.

— Quel genre de patron était-il ?

— Exigeant avec lui-même avant tout. Il pouvait être obsessionnel dans son goût du détail. Mais comment ne pas l'être à ce niveau ? Quoi qu'il en soit, je ne l'ai jamais vu déraper, devenir dingue. Humilier quelqu'un. Il était fort avec les forts. Humain avec ses employés. Enfin, surtout très juste. Il pouvait être sévère, mais toujours juste.

— Je vois. C'est un hasard si vous êtes curé ici ?

— Oui, totalement. Après avoir guéri, j'ai ressenti un apaisement, je voyais clair en moi et c'est là que j'ai compris qu'il s'agissait d'un appel vers la foi. Attention, je précise que Dieu n'a pas soigné ma dépression. Les médicaments et la thérapie ont bien fait leur office.

— Quand êtes-vous entré au séminaire ?

— J'y suis entré il y a dix ans et j'ai été nommé ici il y a un peu plus de trois ans. Une forte communauté portugaise et antillaise fréquente l'église. Il y a beaucoup de monde aux messes du week-end. Nous nous étions perdus de vue et j'ai croisé Quentin par hasard il y a deux ans, un matin, sur le marché de Fontainebleau. Nous avons vite renoué comme si nous nous étions quittés la veille. Mais, comment vous dire ? Il avait changé. Pas physiquement, non. Il était devenu plus… *grave*. Une gravité que je ne lui connaissais pas. Je sentais que cela n'avait rien à voir avec le stress du métier. Je ne sais pas… Je sentais que quelque chose n'allait pas dans sa vie. Un bon prêtre est aussi un bon psychologue. C'est l'une des vertus de la direction de conscience et de la confession.

— C'est vous qui l'avez poussé vers la religion ?

— Non, sa quête spirituelle préexistait à notre rencontre fortuite. Je l'ai simplement aidé à rencontrer Dieu, dans un dialogue fécond qui l'a accompagné dans son éveil à la foi chrétienne. Je ne suis qu'un modeste intercesseur. Au bout de quelques mois, Quentin demandait son baptême.

— Comment se passe un baptême à l'âge adulte ? J'ai vu des prédicateurs américains qui baptisaient des gens à l'arrière de pick-up transformés en baptistère.

Benoît Canguillem esquissa un sourire.

— Non, nous sommes restés très traditionnels, mais je ne porte pas de jugements sur ces manières de procéder. Pour répondre à votre question, Quentin s'est préparé pendant un an. Je l'ai aidé à éclaircir son désir.

— Un an de préparation ? s'étonna Alice.

— Oui, il y a tout un processus de renoncement au péché. Renoncer à l'attrait du péché, à la tentation du mal, ça ne se fait pas en cinq minutes. « Renonces-tu à Satan, à ses œuvres et à ses pompes ? » fit le père Canguillem en prenant une voix caverneuse. Et puis, il faut suivre des cours de catéchisme.

— Comment s'est passé le baptême ?

— Une belle cérémonie, en petit comité. Il y avait son frère, son neveu, ses enfants et quelques amis proches. Quentin était très beau dans son aube blanche. Vous savez que le baptême est un sacrement de mort ? Quand le prêtre vous baptise, vous renoncez à toutes les formes de mort qui contaminaient votre vie. Et vous ressuscitez en endossant un vêtement blanc, symbole de lumière. Après le baptême, j'ai assisté à la transfiguration de Quentin. Il a commencé à vivre une nouvelle existence. La vraie vie, dit-il en écarquillant les yeux, avec une ferveur qui aurait paru inquiétante dans un film d'épouvante.

— Quentin Duval fréquentait-il souvent votre église ?

— Il venait régulièrement à la messe, le dimanche matin. Ici, c'est moins classique qu'à Saint-Louis. Il voulait vraiment partager la foi populaire. Il s'est beaucoup investi dans la vie de la paroisse. Et puis, il a été très généreux avec notre église.

— Je ne vous demanderai pas de trahir un secret professionnel, mais vous est-il possible de me dire si les raisons de son mal-être étaient d'ordre intime ou professionnel ?

Le père Canguillem répondit d'un ton sec :

— Vous n'y pensez pas. Les secrets de sa confession sont désormais entre les mains de Dieu. Comme tout pêcheur, il s'est allégé d'une grande culpabilité.

— Il s'est pardonné ? tenta Alice.

— C'est Dieu qui pardonne nos fautes, madame.

Il se leva et lui indiqua la porte dans un geste ample.

— Je crains qu'il ne faille déjà nous quitter. Ce fut un immense plaisir de vous rencontrer.

Des paroles onctueuses et un regard totalement dénué de charité chrétienne.

— Mais pourquoi toutes ces questions ? reprit-il, soudain sur la défensive.

— Vous savez, mon père, je suis frustrée de l'avoir si peu fréquenté, répondit-elle sur un ton obséquieux qui ne lui ressemblait pas. Grâce à vous, j'ai l'impression de mieux le connaître. Je reviendrai vous voir. Merci de m'avoir accordé du temps.

Sur le chemin du retour, le portrait de Quentin Duval devenait un peu moins impressionniste, plus précis. Confusément, elle sentait que quelque chose d'essentiel se jouait autour des raisons de sa culpabilité. Elle se souvint d'un passage de la Bible sur lequel elle s'était appuyée pour préparer un cours consacré à l'aveu, « mes fautes s'élèvent bien au-delà de ma tête, elles sont un poids bien trop lourd pour moi ». Quelles étaient les fautes expiées par Quentin Duval ?

11

« L'insomnie est la seule
forme d'héroïsme au lit. »

Cioran

Au même moment, vers midi, Arthur Bonneville courait en forêt de Fontainebleau, le ventre vide. Fidèle pratiquant du jeûne intermittent depuis quelques semaines, il déjeunerait juste avant son premier rendez-vous en début d'après-midi. Une salade de pâtes, une pomme, quelques amandes. Et, dans un accès de folie, peut-être s'autorisait-il deux carrés de chocolat noir. Son objectif ? Être le plus affûté possible, passer sous la barre des soixante-dix kilos, avant sa première compétition amateur de MMA en février prochain. Son instructeur, Karim Yamani, lui avait soufflé l'idée, épaté par ses progrès fulgurants au cours des derniers mois. Une rage et une assiduité inédite s'étaient emparées de son corps et de son esprit. Le sport intensif, aux confins de l'addiction, comme psychothérapie naturelle ? Le comble pour un psychologue clinicien adepte de la cure par la parole. Après le choc de la lettre anonyme, il lui avait fallu extirper l'abattement, puis la colère qui coulait dans ses veines. Et, il faut bien l'avouer, sa pratique sportive avait produit des effets au-delà de ses espérances, du moins en surface. De quoi tenir à distance les fantômes du crime routier. Dix ans plus tôt, il avait ressenti les symptômes du stress post-traumatique. Des flash-back, des cauchemars, des pensées intrusives. Pendant longtemps, il n'avait pas voulu passer son permis de conduire et, quand il se trouvait à la place du passager, si le chauffeur freinait trop brutalement, le souvenir de l'accident survenu sur le rond-point de l'Obélisque resurgissait. Vers dix-sept, dix-huit ans, il y avait eu ces soirées trop arrosées où il enchaînait les relations sans lendemain. Se sentir vivant quoi qu'il en coûte. Une fuite en avant pour effacer l'image de ses parents morts devant ses yeux. Et puis il avait repris le dessus, avec l'aide de sa tante. Il avait guéri, entrepris des études de psychologie et il était devenu un praticien prometteur.

À 14 heures précises, une nouvelle patiente, Stéphanie Lebowski, pénétra dans son cabinet. Une femme menue, le teint clair, les cheveux blonds rassemblés en chignon, deux plis d'amertume très marqués à la commissure des lèvres. Elle portait une robe à fleurs et un cardigan. Elle tenait son sac à main comme on s'agrippe à une bouée de sauvetage. Arthur l'invita à s'asseoir sur l'un des deux fauteuils près de la baie vitrée. Dehors, le ciel ressemblait à du fromage blanc prêt à se déverser sur Valmont-sur-Loing et ses environs.

— C'est la première fois que l'on se voit. Avez-vous déjà consulté un confrère ?

— Non, docteur, vous êtes le premier.

— Je ne suis pas médecin et je ne pourrai pas vous prescrire de médicaments, en revanche j'espère tout de même vous aider.

— Oh, excusez-moi, je ne connais pas beaucoup ce monde-là.

— Bien, madame Lebowski, racontez-moi ce qu'il vous arrive.

Avant de lui répondre, elle fixa le petit éléphant porte-bonheur qui trônait sur le bureau.

— Eh bien, depuis quelques mois, je n'arrive plus à dormir. Je m'endors avec beaucoup de difficultés et je me réveille très tôt. Vers 4 heures du matin. Bien avant mon heure habituelle.

— Vous vous réveillez après avoir fait un cauchemar ?

— Je ne sais pas… Je ne me souviens pas bien de mes rêves. Je me réveille, la peur au ventre, sans réussir à retrouver le sommeil.

— Vous avez déjà eu des insomnies ?

— Non, jamais. Sauf quand les enfants étaient petits, ça arrivait de temps en temps. En ce moment, c'est toutes les nuits.

— Je vois. Quand vous parlez de peur au ventre, que ressentez-vous exactement ? demanda-t-il en prenant des notes.

— Eh bien, c'est comme si j'avais envie de vomir.

— Vous avez des nausées à chaque réveil ?

— Oui. Et aussi des sueurs froides, des idées noires. Je me sens bizarre. J'ai envie de sortir du lit pour échapper à cette peur, mais je veux aussi y rester pour dormir toute la journée.

— Vous vivez seule ?

Elle sembla surprise par cette question banale, hésita un instant, fixa de nouveau l'éléphant en bronze, comme si elle lui demandait l'autorisation de répondre.

— Eh bien… Je suis veuve depuis peu. Mon époux est mort cet été.

— Ah…

Arthur suspendit son stylo au-dessus de son carnet à spirale, à la manière d'un chien d'arrêt, la patte levée.

— Je suis désolé de l'apprendre. Je vous présente mes condoléances. Dans quelles circonstances est-il décédé ? Vous n'êtes pas obligée de me répondre si c'est un sujet difficile.

— Non, non… Ça ne me dérange pas… Il est mort d'un cancer du foie. Il buvait beaucoup. Il avait mon âge.

— Il était suivi pour son problème d'alcool ?

— Non, il n'aimait pas les médecins. Il buvait vraiment trop. Et ça l'a tué, c'est tout ce qu'il y a à dire. Ça a empiré avec les années.

— Depuis combien de temps vous connaissiez-vous ?

— On avait vingt-cinq ans quand on s'est rencontrés. Il me faisait beaucoup rire. C'était un bon vivant. Il avait un tas d'amis, on sortait énormément à l'époque. Sa famille m'aimait bien. La mienne ne l'aimait pas trop, mais on s'en fichait. Petit à petit, il s'est mis à boire tous les jours, dès le matin. Il criait sur moi, sur les enfants. Pour un oui ou pour un non. Mais attention, il n'a jamais levé la main sur nous. Il préférait cogner un mur ou une porte plutôt que nous frapper. Pour ça, c'était un bon père.

Arthur noircissait son carnet, en acquiesçant, puis il laissa le silence faire son œuvre pour assimiler ce récit et permettre à sa patiente de reprendre le fil de ses pensées.

— Est-ce qu'un évènement précis a aggravé son alcoolisme ?

— La disparition de son père, sans doute. Lui aussi est mort d'un cancer du foie. Mais, contrairement à Christophe, il ne buvait pas beaucoup. Je sais que mon époux l'a vécu comme une injustice. Son père n'avait que soixante ans et il venait de prendre sa retraite. Et puis il y a eu cette tragédie…

Elle baissa la tête, la releva.

— Je préfère ne pas en parler pour l'instant.

— Très bien. Je comprends. Et comment avez-vous vécu la mort de votre mari ? Où en êtes-vous dans votre processus de deuil ?

Stéphanie Lebowski l'écoutait comme si un examinateur de l'oral du bac lui avait demandé quelle était l'influence de Nietzsche sur Schopenhauer. Elle ne savait pas quoi répondre.

— Ne vous inquiétez pas si vous ne parvenez pas à mettre de mots sur ce que vous ressentez en ce moment.

La première séance étant plus courte, vous me paierez la prochaine fois.

Arthur lui proposa un nouveau rendez-vous et il lui sembla percevoir son soulagement quand elle quitta son cabinet. Il la vit s'éloigner à travers la baie vitrée, le pas rapide, comme si elle avait hâte de quitter un lieu de perdition. Il n'était pas sûr de la revoir.

Il enchaîna les rendez-vous jusqu'à 18 heures. Un couple qui ne communiquait plus que par post-it, une jeune femme qui ne se remettait pas de la mort de son border collie et un quadragénaire qui n'assumait pas ses infidélités.

Pendant ce temps, Alice était assise au comptoir du London-Essaouira, bondé à l'heure du goûter. Affairé derrière le bar, Haroun prenait les commandes d'une jeune extra venue lui donner un coup de main. Alice sirotait son vin chaud très épicé, soliloquant, comme si elle était seule :

— Tu fais fausse piste, fais-toi une raison. Arrête de soûler tout le monde avec ton histoire de meurtre. Quentin Duval est mort de façon accidentelle, point barre. Reconnais ton erreur, voilà tout. Tu t'es monté la tête, dans l'espoir de vivre des émotions fortes, comme dans l'affaire Paul Faye. Ma pauvre, tu as vraiment perdu la main, constata-t-elle en avalant une gorgée de vin tiède. Pathétique, tu es pathétique.

— C'est bon ? Vous avez fini de vous lamenter sur votre sort ? Vous m'agacez quand vous faites votre Calimero, répondit Haroun en disposant une théière en fonte et des crumpets sur un plateau en bois. Laissez infuser tout ça. Soyez patiente. Avec votre piste de l'adrénaline, vous vous plantez peut-être. Quentin Duval a peut-être été assassiné par un autre moyen. Et puis, si son ordinateur a été volé, sa trace remontera forcément à la surface. Il n'a pas été dérobé pour rien. Son contenu parlera, tôt ou tard.

— Ça me coûte de le reconnaître, mais vous avez raison.

Elle termina son mug et consulta son portable. Comment contacter Gaëtan Le Bellec le plus naturellement possible ? Elle ne pouvait décemment pas demander l'avis d'Haroun et, en la matière, il n'y connaissait rien. On ne peut pas dire qu'il se démène pour me séduire, se dit-elle tandis qu'elle l'observait préparer un mocktail, concentré comme si sa vie en dépendait. Au fond, avait-il jamais eu envie de faire un bout de chemin avec elle ? Elle en doutait. Ou bien lui faisait-il le coup de l'indifférence pour mieux susciter son intérêt ?

Quoi qu'il en soit, il fallait tourner la page Haroun et ouvrir le chapitre Gaëtan Le Bellec.

Elle décida de le suivre sur Instagram, une initiative qui ne mangeait pas de pain. Ce fut fait en trois clics. Son compte était privé mais, à son grand étonnement, il l'accepta aussitôt, comme s'il avait guetté son invitation depuis la soirée au club de lecture. Elle faisait désormais partie de la cinquantaine de personnes qui le suivait.

Qu'est-ce qui l'avait séduite au premier abord ? Sa grande taille, ses cheveux blonds ondulés, ses yeux clairs, ses larges mains aux ongles manucurés ? L'inverse de Georges, qui n'était pas très grand, replet, dégarni, les yeux noirs. Leur seul point commun : leurs belles mains. Elle était sensible aux mains, fortes et fragiles, capables de toucher, caresser, pétrir, consoler ou gifler. Il y avait ses mains, mais aussi son humour british qui aurait plu à Georges. Et puis il y avait surtout ce détachement non affecté, ce ton persifleur, cette malice enfantine qui l'avait captée dès qu'il fit son entrée au London-Essaouira. Elle observa Haroun à la dérobée, soupira, leva les yeux au ciel et envoya un premier message à Gaëtan. Un message inaugural qui figurerait peut-être dans leur petite mythologie intime.

Avec mes quinze malheureux abonnés, je fais pâle figure face aux cinquante personnes qui se bousculent pour vous suivre. Vous me battez à plate couture, je reconnais ma défaite.

Une minute plus tard :

Vous savez bien que la popularité est une compagne très infidèle. Elle n'est surtout pas un bon critère de qualité. Si vous saviez qui me suit, vous me fuiriez à pleines jambes.

Le rire d'Alice fit relever la tête d'Haroun, penché sur sa caisse enregistreuse. Il la dévisageait d'un drôle d'air, les yeux plissés, comme s'il reniflait un marivaudage naissant. À chaque sonnerie qui indiquait une notification, Haroun fronçait les sourcils, la mine de plus en plus crispée à mesure qu'elle riait à la lecture des nouveaux messages.

Il fut le premier surpris d'être agacé de la voir rire et minauder ainsi. Surtout, sans savoir avec qui.

— Bon, Alice, on se parlera plus tard de Quentin Duval, vous avez l'air très occupée. Et moi aussi.

L'œil sur son écran, elle laissa un billet de cinq euros sur le zinc.

— Promis, je vous appelle ce soir !

— C'est ça, à plus tard.

Alice Bonneville et Gaëtan Le Bellec poursuivirent leurs échanges pendant une quinzaine de minutes avant de convenir d'un rendez-vous le week-end suivant, à l'Hôtel Joséphine, à l'heure du thé. Puis elle s'enferma dans son bureau pendant deux heures pour assister à une réunion, en visioconférence, et écouter le type le plus ennuyeux d'Europe occidentale, le directeur financier des Biscuiteries Bonneville, Denis Poiteveau. Il ressemblait à un cardinal malingre à la peau luisante et son débit était si lent qu'Alice sentit son corps et son esprit se dissocier, le temps d'une micro-sieste. Comme Denis Poiteveau était l'artisan de l'excellent résultat net de l'entreprise, elle s'infligea jusqu'au bout son interminable présentation. Et c'est au sortir de cette transe hypnotique qu'Alice s'exclama :

— Mais c'est un génie !

Denis Poiteveau, qui venait de terminer son laïus, la remercia d'un sourire affable. Ce n'était pas lui, le génie, mais Haroun. Il fallait absolument qu'elle lui parle après cette fichue réunion.

12

> « Ne laisser pas passer cette chance
> de voir des vérités, petites et grandes,
> vous éclater au visage. »
>
> Peter Schjeldahl

Alice revint au London-Essaouira, peu avant la fermeture. L'extra était repartie et Haroun Johnson faisait ses comptes. Une journée lucrative. Les clients s'étaient bousculés pour déguster son chocolat chaud. Une nouvelle recette qui recevait des commentaires élogieux sur les moteurs de recherche, un chocolat chaud aussi régressif qu'une pâte à tartiner, du chocolat pâtissier de qualité, de la crème épaisse et du lait entier produit par un producteur bio de la région, une pointe de vanille et de fleur de sel de Guérande, sans oublier l'ingrédient secret qu'il ne révélerait que sur son lit de mort.

Alice frappa à la porte vitrée, tout sourire. Haroun leva les yeux au ciel avant de lui ouvrir. Sa seule envie à cet instant précis ? Prendre un bain chaud en écoutant TSF Jazz, dans la lumière tamisée des bougies parfumées. Alice jeta son manteau en laine grise sur une des tables de l'entrée, façon Miranda Priestly dans *Le Diable s'habille en Prada*, avant de s'affaler dans le fauteuil club en soupirant d'aise comme si elle sortait d'une journée harassante à récurer les sols ou à creuser des trous sur un chantier.

— Haroun, vous êtes un génie !

— À la bonne heure, vous le reconnaissez au bout de toutes ces années…

— Tout à l'heure, vous avez dit que je me trompais peut-être avec la piste de l'adrénaline. Et que Quentin Duval pouvait avoir été assassiné par un autre moyen.

— Eh bien, où est le génie ?

— Vous aviez raison, je fais fausse route, ce n'est pas l'adrénaline qui l'a tué, mais probablement le coup à la tempe. Un seul coup à la tête suffit pour tuer et provoquer une hémorragie cérébrale. Et l'assassin connaît la victime, c'est une évidence. Je pense à quelqu'un qui aurait la force physique d'asséner un coup mortel à un ex-judoka.

Haroun s'illumina.

— Vous avez souvent parlé de son visage rouge qui contrastait avec la pâleur de ses membres. La position du corps, la tête orientée vers le bas pendant plus de vingt-quatre heures ont dû provoquer un afflux massif de sang dans le crâne, comme quand vous faites le poirier un peu trop longtemps.

— Bien vu. Sans compter que Quentin Duval est resté seul plus de vingt-quatre heures dans l'escalier, c'est sans doute une hémorragie cérébrale qui l'a tué. Pas une surdose d'adrénaline comme je le supposais. Il faut que j'appelle Lévêque. J'ai hâte de connaître les résultats officiels de l'autopsie… En attendant, dîner improvisé à la maison, et conseil de guerre ! Arthur sera là. Qu'est-ce qui vous ferait plaisir ? ordonna Alice sans avoir pris la peine de lui demander s'il était libre.

— Vous ne me laissez pas le choix, *Herr General*. Une omelette aux cèpes, s'il vous en reste de votre cueillette.

— Oui, il en reste et je sais que vous l'aimez pas trop baveuse. Baveuse *ma non troppo*, *ma non troppo*, chantonna-t-elle sur un air de *La Traviata*, tout excitée, en se relevant d'un coup. À tout à l'heure, 20 heures.

*

Conseil de guerre, près du feu de cheminée, au moment du dessert. Alice et Arthur étaient confortablement installés dans le salon, où Haroun ravivait les flammes. Une enceinte diffusait du jazz. Alice avait préparé un tiramisu la veille, et il était temps de lui faire un sort, accompagné d'un Gewurztraminer bien frais.

— Je suis d'accord avec l'idée qu'il soit mort d'un violent coup à la tête, fit Arthur en portant à la bouche un tout petit morceau de gâteau.

— Il n'est pas bon ? s'inquiéta Alice

— Si, mais tu sais bien que j'ai une compétition en février.

— Ce n'est pas ce tiramisu qui te fera grossir. Fromage blanc et œufs à la neige. Pas de mascarpone. Un peu de sirop d'agave. Pareil avec les boudoirs maison, peu sucrés et sans gluten.

— Du fromage blanc dans le tiramisu, *my god*, on aura tout vu dans cette maison, s'indigna Haroun. Bref, que vous a dit Lévêque ?

— Il m'a décrit avec précision les conséquences d'un coup à la tempe.

Alice chaussa ses lunettes à monture d'écaille et lut ses notes :

— *La tempe est une zone sensible, la plus fine du crâne, une zone très vascularisée...* Ça, Mona me l'avait raconté, d'après les premiers retours de Lévitan... *Si la victime y reçoit un coup violent, cela entraîne une commotion cérébrale. Une onde de choc traverse le cerveau. On assiste alors à une disjonction, une perturbation électrochimique du cerveau.* Ça aussi... Et puis... *Une fois que la victime tombe et perd connaissance, ses membres se raidissent et se contractent, on parle de convulsion tonique. Quand la convulsion dure, on entre dans une phase clonique, le corps s'agite rapidement, avec une série de contractions musculaires, diffuses et irrégulières, avec un blocage de la respiration.* Voilà pour la crise tonico-clonique qui a sans doute suivi le coup à la tempe. Je poursuis... *Dans le cas d'un violent coup à la tête, le décès peut être dû à un hématome extradural, avec une augmentation de la pression intracrânienne qui peut provoquer la mort au bout de quatre, six ou huit heures. Il peut aussi être décédé d'un œdème cérébral.*

— Et que dit-il sur le fait que Duval soit resté aussi longtemps inconscient dans l'escalier, sans être secouru ? demanda Arthur.

— Vous imaginez bien que ça n'a pas arrangé son cas. L'assassin devait savoir qu'il ne pourrait pas être secouru pendant la Toussaint. Il était au courant que sa fille fêtait Halloween en Bretagne et qu'il n'avait pas la garde de son fils cette semaine-là. Selon son voisin Albert Pérez, il a reçu une visite le soir de sa mort, aux alentours de 20 heures. Duval le connaissait sans doute et il l'a fait entrer.

— Objection, fit Haroun, il se faisait peut-être livrer un repas.

— En règle générale, les livreurs remettent leur commande sur le pas de la porte. Quand notre concierge Pérez se pointe à nouveau à la fenêtre, il aperçoit quelqu'un avec un masque en latex qui ressort de chez Duval et qui repart à vélo. Était-ce la même personne ? Si c'est le cas, elle est ressortie déguisée, sans doute pour se fondre dans la masse costumée d'Halloween, ajouta Alice.

— C'était quel déguisement, déjà ? demanda Haroun.

— Attendez, je regarde mes notes.

— Parfois tu me fais penser au lieutenant Colombo, persifla son neveu.

Alice Bonneville fit semblant de ne pas l'avoir entendu.

— Ah… Voilà… Le déguisement d'un homme chauve à lunettes, avec un bouc. Ça l'avait effrayé. Pauvre chou. L'individu portait une combinaison jaune. Et des gants bleus.

Haroun se triturait les lèvres, fronçait les sourcils, comme s'il tentait de résoudre un calcul matriciel.

— Ça me dit quelque chose. Un homme chauve… qui porte un bouc et des lunettes… avec une combinaison jaune… et des gants bleus…

— Walter White ! s'écria Arthur.

— Mais oui, Walter White, dans la série *Breaking Bad*, enchaîna Haroun.

— Jamais vue.

— Walter White, c'est le nom du personnage principal, un père de famille, prof de chimie, atteint d'un cancer du poumon. Il est pris à la gorge financièrement et il profite de ses connaissances pour produire de la méthamphétamine. Et il devient *très, très, très* méchant, sous le pseudonyme de Heisenberg.

— Le soir d'Halloween, vous avez croisé des personnes qui portaient ce genre de déguisement ? demanda Alice.

— Je me suis précipité chez moi juste après la fermeture, je *hais* Halloween, répondit Haroun.

— Hum… J'avais beaucoup trop bu et je ne me souviens pas bien des déguisements croisés. Sauf celui de Samuel Duval, vraiment très gênant, même ivre. Je ferai une séance d'autohypnose pour essayer de me rappeler certains détails de cette soirée. Bon, mettons-nous dans la peau de Quentin Duval au moment où il ouvre sa porte.

Arthur plissa les yeux.

— Peu probable que je fasse entrer chez moi un inconnu, à la tombée de la nuit, surtout avec la vague de *home jacking* qui frappe des célébrités depuis quelques mois. La semaine dernière, c'est arrivé à Oscar Fengo, l'attaquant du PSG. Il vit à Fontainebleau. Séquestré à son domicile avec sa femme et ses deux enfants. Donc… Une célébrité de mon calibre est méfiante, voire parano, surtout si j'habite une jolie maison cambriolable, relativement isolée, à la lisière d'un bois. Il faut vraiment savoir que je vis là. On ne vient pas chez moi à l'improviste. Et on n'imagine pas un voisin sonner chez moi pour me demander du sel.

— Je ne vous apprends rien d'original, les premiers suspects d'un meurtre restent les proches, fit Alice. Mona a interrogé sa fille, son frère et ses ex-compagnes. Rien d'intéressant pour le moment.

— Et sa dernière femme ? Celle qui envoyait des messages haineux sur les réseaux sociaux pour le discréditer ? demanda Haroun.

— Elle est rentrée de Marrakech dès qu'elle a appris sa mort. Elle y était depuis cinq jours.

— Je continue, dit Arthur. Je fais entrer cette personne que je connais. Je suis en confiance. Je lui propose un verre, car je suis un homme bien élevé. L'autre refuse, pour ne pas laisser de traces. Et puis…

— Et puis, je meurs. Mais entretemps ?

— Entretemps, poursuivit Arthur, le meurtrier dérobe l'ordinateur portable, il quitte la maison en se déguisant pour ne pas être reconnu et se fond dans la masse des fêtards d'Halloween, sans éveiller les soupçons.

— Le meurtrier est venu récupérer l'ordinateur, reprit Haroun. Quelque chose l'intéresse… Quelque chose d'essentiel, de vital pour lui… Au point de tuer Quentin Duval.

— Au point de tuer Quentin Duval…, répéta Alice. L'assassin est venu récupérer des informations sensibles, compromettantes peut-être pour lui ou ses proches.

Haroun se resservit une tranche de tiramisu, sous le regard bienveillant d'Alice, ravie du succès de son gâteau, alors qu'elle avait à peine touché à son assiette. Elle se sentait bien. À travers la porte-fenêtre, la lune en pleine gestation donnait un éclat mystérieux au jardin.

— Il va falloir creuser, fit Alice en s'étirant. Qu'est-ce que tu as trouvé d'intéressant quand tu es passé chez Duval Prod ?

— Ses équipes l'appréciaient, répondit Arthur. *Attachiant*, c'est un mot qui est souvent revenu pour le qualifier. Un petit garçon espiègle auquel on pardonne tout. Son sens du détail pouvait rendre dingues ses collaborateurs, mais personne ne lui en voulait. Selon sa secrétaire, Najet Bouzid, il était d'abord perfectionniste avec lui-même. Chaleureux, prévenant, notamment avec les petites mains. Pas le genre à humilier, à rabaisser ses employés.

— Oui, il s'est sans doute construit en opposition avec ce qu'il a observé quand il a commencé à travailler à la télé, précisa Alice. Quand il était stagiaire, il a subi le sale comportement d'un animateur.

— En revanche, d'après ce que j'ai entendu, il pouvait être assez dur en cas de trahison ou de mauvais comportement.

— Comme ce fut le cas avec le directeur de production qu'il a viré ?

— Oui, attends… J'ai oublié son nom…

Arthur consulta son téléphone.

— Éric Marchand. Il a commencé à travailler avec Quentin Duval à la création de sa boîte. Un copain de fac. C'était le bras droit de Frédéric Duval.

— Pour quelles raisons a-t-il été renvoyé ?

— Des comportements déplacés et répétés avec les femmes surtout, et certains hommes. Il choisissait ses cibles parmi les stagiaires ou les pigistes. Des caresses dans le bas du dos ou sur les hanches, l'air de rien… Des propositions indécentes, sous couvert de plaisanterie, avec les plus précaires. Bref, une atmosphère malsaine. Un jour, en juin dernier, une jeune journaliste lui a mis une baffe, alors qu'il était en train de lui caresser le dos, en salle de visionnage. Énorme scandale. Les langues se sont déliées. Marchand a plaidé le fait qu'il était très tactile. Il s'est appuyé sur une zone grise, sujette à interprétation. D'après ce que j'ai pu entendre, il n'y a jamais eu d'agressions sexuelles caractérisées au sens du Code pénal. Bref, après une rapide enquête interne, il a été remercié.

— Il y a eu des plaintes contre lui ? demanda Haroun.

— Non, ça s'est réglé à l'amiable. Marchand a été viré sans indemnités. Il a préféré ne pas contester son licenciement aux prud'hommes. Il est actionnaire minoritaire de Duval Prod. Il s'en tire plutôt bien financièrement.

— Est-ce notre potentiel assassin ? Se serait-il vengé ? Et si oui, pourquoi avoir emporté l'ordinateur ? Albert Pérez a parlé d'une silhouette plutôt mince. À quoi ressemble-t-il ?

— À ça..., répondit Arthur en lui montrant une photo prise avec les frères Duval et une jeune femme.

Un visage ni beau ni laid. Une absence notable de charisme qui tutoyait l'insignifiance.

— Ah oui... Peu probable que ce soit l'individu qui a sonné chez lui. Il est manifestement en surpoids, à moins qu'il ait maigri depuis. La photo date de quand ?

— C'est un selfie pris en mai dernier par Najet Bouzid, juste avant le licenciement.

— Dis donc, elle a l'air de bien t'apprécier, la secrétaire.

— Elle est juste fan de mes vidéos, rétorqua-t-il, désarçonné par la remarque de sa tante. Il y a des moments où il n'y a pas de mal à user d'une relative notoriété.

— Bref, est-ce que ça vaut la peine d'aller fouiner dans cette direction ? demanda Alice, l'air dubitatif. Mona a dû l'interroger, il faudra que je lui demande ce que ça donne de ce côté-là.

— Eh bien, si vous n'y voyez pas d'inconvénients, je vais me coucher et actionner mes petites cellules grises depuis les tréfonds de mon lit, fit Haroun en se levant et en débarrassant la table basse, tandis qu'Alice s'était discrètement éclipsée pour aller aux toilettes.

— Quel excellent mari dévoué vous feriez ! Si seulement, vous étiez amoureux de ma tante, lança Arthur sur un ton moqueur.

Haroun secoua la tête, l'air consterné.

— Mon pauvre, parfois j'ai du mal à imaginer que tu es psychologue.

— J'aurais adoré vous prendre en thérapie. Un voyage abyssal dans vos névroses, digne de *Vingt Mille Lieux sous les mers*… Hélas, ma déontologie m'interdit de devenir le psy d'un presque tonton. J'ai presque envie de vous appeler Presque Tonton Haroun.

S'il n'avait pas les mains occupées, Haroun Johnson lui aurait mis une tape sur la nuque, sa manière de lui témoigner son affection.

*

Assise devant sa coiffeuse, Alice prit connaissance des messages de Gaëtan Le Bellec envoyés au cours de la soirée. Elle souriait en les lisant. Des SMS légers comme des bulles de savon qu'elle n'avait pas envie de faire éclater. Elle voulait rester le plus longtemps dans cet entre-deux douillet, entre fiction et réalité, qui rendait si désirables les débuts d'une relation. Elle savait bien qu'il arriverait un moment où les aspects les plus déplaisants de leurs personnalités transformeraient les bulles de savon en balles de plomb. Les débuts d'une relation, vraiment ? lui demanda Georges.

— Ne t'inquiète pas, je ne m'emballe pas. Je prends juste un thé avec lui à l'Hôtel Joséphine. Je verrai bien où le vent nous mène. Tu me diras ce que tu en penses.

Pour l'instant, c'est Quentin Duval qui me préoccupe. Qui a bien pu assassiner ce pauvre garçon ?

Alice s'endormit aussi vite qu'elle s'était couchée. Au réveil, elle avait oublié le rêve où elle embrassait Haroun Johnson avec fougue.

13

« La moindre joie ouvre sur un infini. »
Christian Bobin

Il y a des matins où la vie vous semble plus légère qu'à l'accoutumée, un parfum de bonheur flotte dans l'air, sans que vous ne sachiez exactement pourquoi. Et s'il vous fallait préciser l'émotion qui vous étreint, à la manière d'un photographe qui fait le point, vous diriez qu'il s'agit d'une joie sans raison apparente, une source qui jaillit subitement, et qui disparaît aussi vite, une source qui illumine le moment présent, loin des tourments quotidiens et des angoisses existentielles.

Ce matin-là, Alice Bonneville ressentait cette légèreté de l'être qui habite les chiots et les jeunes enfants, tandis qu'elle pétrissait la pâte à canistrelli. De la farine complète, de l'huile d'olive, du vin blanc, du sucre, de l'anis vert, de la levure, une pincée de fleur de sel et quelques zestes de citron. En déposant les losanges sur la plaque de cuisson, elle songeait à la destinée de Quentin Duval. Jeune quadra, riche et séduisant. Puissant et respecté, aimé de sa famille, de ses employés et d'une partie du public. Avait-il vraiment des amis proches et sincères, en dépit de sa notoriété ? Oui, au moins un ami fidèle, le père Canguillem, et d'autres sans doute, un cercle restreint issu des années de galère et d'apprentissage. Il était chez lui, en jogging et t-shirt, quand la vie l'avait quitté, avec au fond de la rétine l'image du visage de l'assassin qu'il devait connaître. Et cet effroi rétrospectif d'avoir côtoyé si longtemps cet ami, ce parent, ce collaborateur insoupçonnable, qui lui avait pourtant asséné le coup fatal qui le tuerait à petit feu, un soir d'Halloween… Elle repensait à Éric Marchand. Il ne correspondait pas à la description du mystérieux visiteur nocturne, mais il était essentiel d'entendre un autre son de cloche sur Quentin Duval.

Pour en savoir davantage sur lui, Alice proposa à Mona de venir boire un café chez elle avant d'aller travailler. La perspective de déguster des canistrelli incita la jeune femme à passer vingt minutes plus tard.

— Vous osez me défier avec vos canistrelli, vous osez défier la demi-Corse que je suis ? Vous êtes vraiment inconsciente, ma pauvre Alice. Les seuls canistrelli qui vaillent en ce bas monde sont ceux de ma *minà* Antonia.

— Ce sont mes tout premiers, il va falloir faire preuve d'une grande indulgence. Je ne sais pas pourquoi, j'ai eu envie d'en confectionner. Comment expliquer ce désir ardent ? Seul Freud le sait.

— Un jour, je me suis réveillée avec l'envie de faire des mochis, alors que je ne suis pas spécialement fan de cuisine japonaise. Je peux vous assurer qu'ils étaient infects.

— Pire que les cornes de gazelle aux dattes d'Haroun ?

Mona fit un grand oui de la tête.

— Vous n'imaginez même pas.

Alice déposa sur la table une assiette de biscuits et deux tasses de café.

— Bon, dites-moi... Que vous inspire cet Éric Marchand ? Qu'a donné son interrogatoire ?

— Il est interné en psychiatrie. À l'hôpital Saint-Anne.

— Quoi ?

— Après son licenciement, son monde s'est écroulé. Il a décompensé, comme disent les psychiatres. Son boulot, son statut, c'était toute sa vie. Il a sombré dans une dépression sévère. C'est sa femme qui a demandé son hospitalisation quand il a menacé de se suicider après avoir pris le soin de tuer Quentin Duval, figurez-vous. Il n'arrêtait pas de répéter en boucle : « Je vais le buter et après je me foutrai une balle dans la tête. » Comme vous vous en doutez, il n'est pas en état d'être interrogé.

— Et il n'a pas pu sortir de l'hôpital pour aller chez Quentin Duval ?

— Non, nous avons les preuves qu'il était dans sa chambre le soir de la mort de Duval.

— Voilà donc un suspect éliminé.

— Vous croyez encore qu'il s'agit d'un meurtre ? Sérieusement ? fit Mona en remuant son café sans sucre pour dissoudre la mousse, cette *crema* qu'Alice s'obstinait à retirer. Je vous le redis, aucun élément ne nous permet de poursuivre dans cette direction. Le procureur ne souhaite prendre aucun risque. Comme il s'agit d'une célébrité, on explore toutes les pistes, mais personne dans l'équipe ne croit à la piste criminelle.

Pour tenter de la convaincre, Alice lui raconta le conseil de guerre de la veille.

— Des hypothèses dignes d'un *cosy crime*... Vraiment, Alice, je ne vous suis pas. Vous reconnaissez vous-même que vous vous êtes trompée avec cette histoire d'adrénaline à dormir debout. À ce stade, je vous le redis, nous nous orientons vers la piste accidentelle.

— Soit... Mais l'ordinateur disparu ?

— Rien n'indique un lien avec sa mort. Pas d'effraction à son domicile. Aucun autre objet de valeur dérobé. Ni d'argent d'ailleurs. Nous avons retrouvé cinquante mille euros en liquide dans un tiroir de sa chambre.

— Et l'analyse plus poussée du téléphone alors, ça donne quoi ?

— On a pu retracer ses derniers déplacements. Le portable a borné le 31 octobre à 16 heures à Paris, près de l'adresse de ses bureaux. Puis le soir à Valmont, d'où il n'a plus jamais bougé.

— Bizarre, je pensais qu'il était allé directement chez lui, après être rentré de l'aéroport.

— Non. Il était bien à son bureau. D'après les caméras de surveillance du parking, il l'a quitté vers 17 h 15 et ça confirme le bornage du téléphone.

— Ah bon ? Mais il est rentré de la Martinique le 31 octobre et il me semblait qu'il était directement allé chez lui après sa descente d'avion…

— Pourquoi me parlez-vous d'aéroport et de Martinique ?

Contrariée, Alice saisit son smartphone et lui montra le SMS où Quentin Duval l'informait de son arrivée à Valmont, l'après-midi du 31 octobre.

— Tenez, regardez.

— Mais enfin, il n'est jamais allé à La Martinique !

Le visage d'Alice Bonneville se décomposa, comme si elle venait de voir le Christ marcher sur le Loing.

— Qu'est-ce que vous me racontez ? Il était à La Martinique, regardez son message, s'agaça Alice. Où a-t-il passé les deux semaines avant notre rendez-vous ?

— Il était en pèlerinage à Lisieux. Avec le père Canguillem.

Alice eut un moment d'absence. Vu de l'extérieur, elle semblait faire un mini-AVC.

— Hé, oh, Alice, qu'est-ce qui vous arrive ?

— Je suis en train de prendre un coup de bambou sur la tête. Pourquoi m'a-t-il menti ? Je ne comprends pas…

— Il n'avait peut-être pas très envie de vous dire qu'il passait ses congés en pèlerinage avec un curé. Pas très glamour pour un animateur branché et réputé progressiste.

— Vous avez sans doute raison. Je ne vois pas d'autres explications. Le père Canguillem vous l'a confirmé ?

— Oui.

Quelle idiote je fais ! songea Alice en grignotant sans conviction son biscuit. La Miss Marple de Valmont-sur-Loing, tu parles… La pseudo spécialiste en sciences criminelles complètement à la ramasse… Quelle enquêtrice hors pair ! Un flair, un sens de l'observation digne de l'inspecteur Gadget. Et cette histoire absurde d'adrénaline, cette analogie crétine avec l'arme du crime de l'affaire Paul Faye ! Oui, une vraie bécasse…

— Eh bien, vous avez sans doute raison, c'était un accident, affaire classée.

— Il faut que je file. J'ai encore le temps d'aller courir avant de prendre mon service.

— Bon, allez, remontez-moi le moral. Dites-moi que mes canistrelli sont dignes de votre grand-mère…

— *Minà* ne sera jamais égalée, mais vous vous en sortez divinement bien, pour une première fois.

Elles se quittèrent sur ces paroles réconfortantes, mais Alice savait qu'il lui en faudrait davantage pour sortir de son abattement. Après avoir débarrassé la table, mis les tasses et les cuillères dans le lave-vaisselle, elle se sentit désœuvrée, et surtout dépassée, obsolescente. Qu'allait-elle faire de sa journée ? Rendre visite au père Canguillem pour le sermonner de ne pas lui avoir parlé du pèlerinage à Lisieux ? De quel droit allait-elle l'engueuler ? Absurde. Elle eut soudain envie de pénétrer au domicile de Quentin Duval, de fureter, rechercher des indices, des preuves qui montreraient qu'elle n'était pas folle, qu'elle n'avait pas complètement perdu la main. Oui, mais comment violer son domicile en toute tranquillité avec ce fichu voisin qui passait sa vie devant sa fenêtre ? Encore plus absurde. Et surtout, très idiot.

Le jour se levait. Le brouillard imprégnait la végétation d'une aura mystérieuse, une atmosphère qu'Alice affectionnait l'automne venu. Ce matin, en regardant son jardin à travers la fenêtre de la cuisine, elle frémit à l'idée de sortir par ce temps grisâtre et humide. Aucune envie de marcher dans la nature. Soudain, tout lui parut déprimant, débilitant. Tu devrais prendre des vacances, lui souffla son Georges. Tu as raison, lui répondit Alice, c'est la meilleure solution. Fuir loin de Valmont-sur-Loing, surtout pas en Écosse ou en Irlande, mais au soleil. Oui, pourquoi pas une croisière aux Antilles, justement. Bronzer, faire le plein de vitamine D et ne plus penser à Quentin Duval.

Était-elle en train de faire une dépression saisonnière, ou à tout le moins une déprime passagère ? Peut-être. Une cure de lumière devenait indispensable. En attendant de voguer vers Saint-Barth ou La Guadeloupe, Alice Bonneville s'allongea dans le canapé du salon, sous un plaid, en écoutant une cantate de Bach.

Un SMS la tira de sa torpeur.

Hello Alice, j'espère que vous allez bien. Il faut que je vous parle. On peut se voir aujourd'hui ? Je suis à Fontainebleau chez une amie. Amitiés. Julia

Elle se releva d'un coup, relut le message et lui répondit aussitôt.

Bonjour Julia, oui, bien sûr, avec grand plaisir. Vous connaissez le pub Old Tavern ? On peut s'y retrouver à l'heure du déjeuner.

Alice eut le pressentiment qu'elle n'irait pas buller aux Antilles dans les jours qui suivraient.

14

God save the King !

Pendant ce temps, alors qu'Alice prenait une douche qui eut le don de laver ses idées grises, Haroun Johnson scrutait son visage devant la glace de la salle de bains, avec une attention inaccoutumée. Et il eut l'épouvantable révélation que le temps avait ravagé sa figure. *My god,* c'est comme si tu avais pris une pelle en pleine gueule, se dit-il en tirant sa peau en arrière pour voir ce que donnerait un lifting. Il exagérait, bien sûr, mais depuis combien de temps ne s'était-il pas observé ainsi dans les moindres détails ? D'habitude, il ne se regardait pas vraiment dans le miroir, comme si son image réfléchie était un double flou qui le considérait avec bienveillance. Promis, il irait dans un salon de beauté pour améliorer cette mine fatiguée. Et il y avait aussi cette tignasse qui partait dans tous les sens… Cette barbe mal taillée, plus que jamais poivre et sel… Sa dernière visite chez Tarkan, son coiffeur, remontait à l'été dernier. Promis, il irait chez le barbier de Valmont pour une nouvelle coupe.

Puis il examina son corps nu et pâlichon. Et il fit la moue. Pas catastrophique, mais pas mirifique non plus. Il était solidement bâti, encore musclé pour un homme de cinquante-cinq ans, mais à la vue du bedon naissant, il se dit qu'il aurait dû y aller mollo la veille sur le tiramisu. Il en avait repris trois fois. Il était peut-être en manque d'affection, mais de là à se resservir autant… Quel manque de maîtrise de soi devant Alice, se sermonna-t-il en tapotant son ventre. Un peu plus d'exercice physique ne ferait pas de mal non plus. Il pourrait prendre exemple sur son père, Alexander, pimpant octogénaire, qui vivait à Lille et crapahutait toute l'année sur les sentiers de randonnée des Pyrénées et des Highlands. Promis, il irait courir en forêt le lendemain matin. Par chance, il ne fumait pas et ne buvait pas beaucoup. Des hommes de son âge qui se laissaient vraiment aller, il en connaissait un paquet, comme son beau-frère, qui avait l'air plus vieux que lui.

Une serviette nouée à la taille, Haroun Johnson revint dans sa chambre bien rangée, de style scandinave, aux tons clairs, aux meubles en bois et en rotin. Il inspecta son armoire. En cette journée humide, un pantalon en velours côtelé et une chemise à carreaux en flanelle épaisse feraient l'affaire. Il faudra dépoussiérer tout ça, se dit-il en contemplant son dressing, qui contenait surtout des vêtements achetés avec sa femme dans les années 2000. Il avait évidemment remarqué qu'Alice avait rajeuni en renouvelant sa garde-robe. Promis, il irait faire du shopping avec Arthur, doté d'un goût sûr, même si cette fripouille ne manquerait pas de railler sa subite envie de relooking.

Que de promesses ce matin… Il sentait bien qu'Alice s'était détournée de lui. Mais quels signaux de séduction lui avait-il envoyés ces derniers mois ? La soirée pyjama-camomille de la dernière fois ne le hissait pas sur des sommets de séduction façon Cary Crant, son idole absolue.

Alors oui, il allait se reprendre en main et tenter d'éveiller à nouveau l'intérêt d'Alice. Mais il ne fallait pas courir plusieurs lièvres à la fois. Les soins de la peau… La nouvelle coiffure… La barbe taillée…

La virée shopping… Très bien. Se mettre à la diète, se frustrer, calmer le stress du régime en engouffrant une tablette de chocolat ? Pas question d'entrer dans ce cercle vicieux. Il ferait davantage de sport pour compenser sa gourmandise, voilà tout.

Oui, promis, il proposerait à Alice de dîner samedi soir à l'Hôtel Joséphine.

*

Alice Bonneville arriva en avance à l'Old Tavern, situé à deux pas du château de Fontainebleau, un pub habituellement fréquenté par les élèves de l'INSEAD, une des écoles de commerce les plus réputées au monde. L'un des serveurs semblait sortir de l'adolescence. Il l'installa à sa demande au fond de la salle. Assise sur une confortable banquette en cuir vert bouteille, elle s'imprégnait de l'atmosphère. Bois sombre, parquet ciré en chêne massif, éclairage tamisé, plaques publicitaires émaillées pour bières irlandaises, miroirs sponsorisés par des marques de whisky écossais, maillots de rugby dédicacés par des joueurs de l'équipe d'Angleterre, portrait du roi Charles III. Tout y était, comme si un parc d'attractions avait imité un vrai pub anglais.

Au bout de quelques minutes, elle aperçut Julia, emmitouflée dans une doudoune bordeaux, à qui elle fit un grand signe. La jeune fille portait une jupe longue grise, des collants noirs et des Dr. Martens. Elle enleva ses mitaines pour serrer la main d'Alice.

— Je suis vraiment désolée du retard. Je crois que j'ai hérité du vilain défaut de mon père.

— Je confirme, répondit Alice en souriant. Comment allez-vous depuis la dernière fois ?

— Ça peut aller… Les obsèques auront lieu lundi prochain. Vous êtes conviée, bien sûr. La messe sera célébrée à l'église Saint-Jacques… Papa y tenait.

— Vous pouvez compter sur moi, répondit Alice en lui tapotant la main pour la réconforter.

Courtois, appliqué, un peu raide, le garçon prit leur commande comme s'il s'agissait d'un exercice de l'école hôtelière. Une salade au poulet pour Alice et pour Julia des *scotch eggs*, des œufs durs enrobés de chair à saucisse panée et frite.

— De quoi supporter ce temps maussade, fit Alice en masquant son haut-le-cœur devant l'assiette de Julia, dégoulinante de calories et luisante de graisse.

— C'est le plat que je prenais chaque fois que je venais ici avec papa.

Après un bref silence, elle éclata en sanglots. Alice lui tapota à nouveau la main.

— Ça va aller, ne vous inquiétez pas.

— Il y a une chose que je ne vous ai pas dite… Ni à vous ni à la police. Au début, je pensais vraiment que la mort de mon père était accidentelle car on m'a expliqué que c'était la piste la plus probable et je ne voulais croire en rien d'autre. Quand on m'a interrogée, je n'ai pas raconté un évènement qui s'est passé récemment, par crainte que mon oncle soit embêté pour rien. Mais à présent, j'ai des doutes sur l'accident, et je veux que tout soit fait pour comprendre ce qui est arrivé à papa.

Les conversations à haut débit, le bruit des fourchettes sur les assiettes, la musique irlandaise traditionnelle emplissaient le pub. Pourtant, à cet instant précis, seule la voix de Julia comptait, comme si Alice écoutait une déesse nordique sur le point d'énoncer une sentence sacrée.

— Voilà… Le week-end dernier, j'étais chez papa. C'était le samedi soir… On avait commandé une pizza et j'étais ensuite montée dans ma chambre pour regarder une série. À un moment, j'ai entendu sonner. Et ça m'a étonnée qu'on vienne si tard à la maison.

À Valmont, papa recevait assez peu, sauf la famille. Contrairement à Paris, où il y avait souvent du monde chez nous. Et puis, au bout de quelques minutes, j'ai entendu crier. J'ai eu peur. Par réflexe, j'ai pris une paire de ciseaux, au cas où… Et je suis sortie de ma chambre.

Elle s'interrompit pour boire une gorgée de soda. Alice n'en perdait pas une miette.

— J'ai descendu les escaliers le plus doucement possible. Ça criait du côté de la cuisine. J'ai tout de suite reconnu la voix de mon oncle. Je ne l'avais jamais entendu hurler comme ça, surtout après mon père. Vous imaginez le choc.

— Vous avez pu entendre ce qu'ils se disaient ?

— Je n'ai pas bien compris, au début, de quoi ils parlaient. Mon oncle vociférait, tapait du poing sur le plan de travail.

Elle ferma les yeux en se remémorant ce qu'elle avait entendu :

« Mais tu es complètement dingue, Quentin ! Tu veux notre mort ? Tu veux qu'on perde tout ? Tu veux notre ruine ? Tout ce qu'on a construit ? Tu veux une réputation de criminel en publiant de la merde ? C'est ce putain de curé qui t'a mis ces idées dans la tête ? »

Elle s'interrompit à nouveau, l'air effrayée, comme si elle venait de revivre la scène.

— J'ai pu les observer, cachée dans l'encadrement de la porte. Puis je suis entrée, l'air de rien, dans la cuisine, comme si je venais piquer un truc dans le frigo… J'ai voulu détendre l'atmosphère en leur disant que leur dispute ressemblait à une téléréalité qu'ils pourraient produire. Ils étaient très gênés que je les aie entendus. Il y a eu un silence étrange juste après la tempête. Papa m'a dit de ne pas m'inquiéter. Que c'était à cause du boulot… Mon oncle m'a embrassée froidement et il est parti, sans un mot ni un regard pour mon père. Je n'ai pas cru une seule seconde que c'était à cause du travail.

— Pourquoi ?

— Je ne sais pas… Je n'ai jamais vu mon oncle s'énerver comme ça. Ce n'était pas lié au travail, j'en suis sûre… C'était plus profond que ça. Comme si mon père l'avait trahi. Et puis… Si vous aviez vu cette rage dans ses yeux… Ça m'a fait penser à… J'ai un trou de mémoire… Aux deux frères qui se détestent dans la Bible.

— Abel et Caïn.

— Oui, voilà.

— Y a-t-il déjà eu des différends entre eux ?

— Pas que je sache. Ils ne se sont jamais fâchés.

— Et pendant les réunions de famille, à Noël par exemple ?

Julia fit la moue en plissant les yeux.

— Non, pas de souvenirs de prises de tête ou de brouilles.

Alice Bonneville n'avait perçu aucun signe de haine fratricide quand elle avait rencontré Frédéric Duval. Au contraire. Elle avait eu de la compassion pour sa peine authentique, sans affectation. Qu'est-ce qui avait bien pu provoquer en lui une telle colère, au point de débarquer tard le soir chez son frère ?

Pour se remettre de ses émotions, Julia engloutit ses œufs à la saucisse, devant le regard horrifié d'Alice.

— Un dessert, mesdames ? s'enquit le garçon en tendant une carte.

— Non, merci.

— Pour moi, ce sera un crumble avec une boule de vanille.

— Quel bon appétit !

— Oui… Avec la mort de papa, je n'avais plus faim. Ça revient. Heureusement que mon petit ami me soutient.

Alice l'observait. La jeune femme menue assise en face d'elle dégageait une grande force, en dépit de sa pâleur naturelle et de ses yeux bleu clair. Elle avait des ongles peints en noir, un tatouage sur l'avant-bras droit, un poignard transperçant un crâne et, surtout, ce regard déterminé, prêt à surmonter à toutes les épreuves.

— D'ailleurs, ça vous dérange s'il vient prendre un café avec nous ? Je lui ai dit qu'il pouvait passer.

— Non, évidemment, pas du tout.

Alice Bonneville l'interrogea sur ses études d'architecture à Rennes, ses envies, ses projets. Un grand jeune homme brun aux yeux noisette, mat de peau, athlétique, se dirigea vers elles en souriant. Il portait un jean brut, un caban bleu marine, une écharpe et un bonnet rouge. Il embrassa Julia qui fit les présentations.

— Alice Bonneville… Nicolas…

— Enchanté, fit-il en lui serrant la main, toujours tout sourire. Nicolas Belkaïm.

— Enchantée… Je ne vais pas vous déranger longtemps. Vous prenez quelque chose avant que je parte ? Je vous invite.

Julia joignit les mains en guise de remerciements.

— Un café allongé, merci beaucoup.

Sur le chemin des toilettes, Alice intercepta le serveur pour commander un café et régler la note.

En revenant, elle fut attendrie par ce jeune homme qui soutenait sa petite amie dans l'épreuve, la main dans la main.

— Et vous, Nicolas, vous faites aussi des études d'architecture ?

— Non pas du tout, dit-il en riant, il ne vaut mieux pas pour la sécurité des gens. Je n'ai aucun sens de l'espace ni du détail. Je suis sorti de l'INSEAD il y a deux ans et j'ai monté une start-up avec le cousin de Julia.

— Le fils de votre oncle Frédéric ?

— Oui, mon cousin Samuel, répondit Julia.

— Dans quel domaine ? s'intéressa Alice, ravie de voir des jeunes entreprendre.

— On développe un système d'alarme basée sur l'intelligence artificielle, qui ne détecte que les vibrations anormales. Ce système se déclenche si c'est un intrus qui tente de pénétrer chez vous, et si vous oubliez votre code, il vous reconnaît grâce à la reconnaissance faciale.

— Passionnant, répondit l'ancienne prof de droit pénal, intéressée par toutes les innovations qui pouvaient empêcher les crimes et délits. Eh bien, je vous laisse, enchantée d'avoir fait votre connaissance.

— Merci beaucoup, madame Bonneville, d'avoir pris le temps de vous déplacer, dit Julia en se levant. Vous permettez que je vous embrasse ?

— Bien sûr, répondit-elle en la serrant dans les bras. Et surtout, appelez-moi Alice.

Sur le chemin du retour à Valmont-sur-Loing, à bord de sa Coccinelle dernier cri, empruntant la D606 sans aller trop vite, car il pleuvait fort, Alice réfléchissait à la colère de Frédéric Duval, cet homme d'apparence si effacée, aussi discret qu'une raie au fond des océans. La raie. Une chasseuse hors pair prête à se jeter sans pitié sur ses proies.

15

« La fourberie ne se voit jamais de face
qu'à l'œuvre. »

William Shakespeare

Avant de rentrer chez elle, Alice Bonneville s'arrêta faire quelques courses au Super Market de Valmont-sur-Loing. Il n'y avait pas grand monde en ce milieu d'après-midi pluvieux. Les trombes d'eau qui tombaient sur le toit en tôle recouvraient le son de la radio diffusée dans le magasin, des annonces publicitaires entrecoupées des tubes du moment.

Déambulant au rayon lessive à la recherche d'un adoucissant sans produits chimiques toxiques, Alice n'eut pas le temps d'esquiver sa cousine, Victoire de Rosemonde, vêtue d'un tailleur en pied-de-poule et d'un col roulé noir. Difficile de feindre de ne pas l'avoir vue. Elle lui faisait de grands signes de la main.

— Hou ! Hou ! Alice !

Le vernis des convenances avait maquillé leur inimitié. Et par un accord tacite de non-agression, elles affichaient le masque bien commode de l'hypocrisie sociale. Le désintéressement n'étant pas la qualité la plus évidente chez Victoire de Rosemonde, si elle l'avait hélée, c'était pour lui demander quelque chose.

— Ma chère Alice, quel plaisir de vous voir, c'est rare de vous croiser ici en plein après-midi, avec toutes vos activités passionnantes !

Le traducteur instantané des perfidies codées de sa cousine indiquait à Alice qu'elle disait plutôt ceci : « Espèce de feignasse, tu ferais mieux de t'occuper des Biscuits Bonneville, ton pauvre Georges n'aurait jamais délaissé ses affaires pour aller acheter de la lessive. » Alice surinterprétait-elle les mots apparemment anodins de Victoire de Rosemonde ? La réponse était négative.

— Bonjour, chère Victoire, je suis également ravie de vous voir. Vous savez, j'adore passer mes après-midi ici avant de vite rentrer à la maison pour vite regarder la télé, en attendant de vite préparer le dîner pour Arthur. Être une ménagère désespérée est un rêve qui m'anime depuis que je suis toute petite, répondit-elle dans un large sourire factice.

Victoire de Rosemonde la dévisagea avec le même sourire hypocrite et une envie évidente de l'étrangler.

— Hélas, nous n'avons pas eu le temps de nous parler au club de lecture.

— On ne vous y a pas beaucoup entendue. Je suis épatée par votre capacité d'écoute, votre discrétion. C'est un véritable don. Vous feriez une excellente thérapeute.

Victoire de Rosemonde avait bien compris la fourberie d'Alice, qui devinait que sa cousine ne lisait pas les livres au programme du club et qu'elle n'y venait que dans le seul but d'entretenir son réseau.

— Je n'ai pas osé vous déranger… Vous aviez l'air concentrée sur le nouveau venu. Comment s'appelle-t-il déjà ? demanda-t-elle alors qu'elle avait très bien retenu son nom.

— Je ne sais plus, mentit Alice.

— Bref, vous aviez l'air tellement absorbée par ce charmant monsieur que je n'ai pas voulu vous interrompre. Et puis j'ai dû filer pour ne pas laisser mon mari seul à la maison.

Traduire : « On t'a tous vu draguer le séduisant Gaëtan Le Bellec. En attendant, contrairement à toi, j'ai un mari qui m'attend à la maison. »

— Tant que je vous tiens, et puisque vous êtes membres de l'association des anciens élèves de Saint-Vincent-de-Paul, j'aimerais faire appel à votre générosité. La biscuiterie Bonneville pourrait-elle nous aider à l'occasion de la grande kermesse de Noël, qui nous servira en partie à récolter des fonds pour les petits Ukrainiens ? Nous sommes jumelés avec plusieurs écoles et collèges de Kiev. Ce serait tellement sensationnel si vous pouviez participer. Quelles grandes amies aurions-nous fait si nous avions fréquenté l'école à la même époque ! fit Victoire de Rosemonde, s'abstenant de préciser qu'Alice était depuis bien longtemps à la fac quand elle entrait au collège.

À son grand regret, Alice allait céder à Victoire, elle ne pouvait décemment pas refuser cette proposition. Une fois de plus, elle allait mettre la main au porte-monnaie pour son association.

— Évidemment, vous pouvez compter sur moi. Je vais demander au comptable de vous envoyer un chèque.

— Et puis vous bénéficierez d'une déduction fiscale !

La mine peu affable d'Alice lui fit regretter cette phrase.

— Vous pensez vraiment que c'est une déduction fiscale qui me pousse à aider les enfants ukrainiens ? articula-t-elle en insistant sur chaque mot.

L'embarras se lisait sur le visage de Victoire de Rosemonde.

— Heu... Non... Non, bien sûr que non, bredouilla cette dernière. Nous connaissons tous votre générosité exceptionnelle.

— À la bonne heure ! fit Alice, faussement soulagée. Je vous souhaite une excellente fin de journée.

La pluie avait cessé, cédant la place à un ciel gris perle, alors que le vent froid s'obstinait à planter ses petites aiguilles sur le visage des passants. Aussitôt rentrée, Alice se prépara un thé darjeeling, la récolte de printemps, à la grande complexité aromatique. Allongée sur sa méridienne fétiche, son mug préféré entre les mains, son plaid écossais sur les genoux, elle rembobina la conversation avec Julia. Qu'est-ce qui avait bien pu provoquer la rage de Frédéric Duval ? Si les motifs étaient simplement professionnels, il n'aurait certainement pas débarqué chez son frère, ivre de colère, un samedi soir, à une heure aussi tardive. Non, il aurait logiquement attendu de lui en parler au bureau le lundi. Ou alors, il lui aurait téléphoné, envoyé un mail ou un SMS. D'après la petite enquête d'Arthur, leurs relations de travail étaient sereines, fluides, deux frères toujours sur la même longueur d'onde. Leurs personnalités se complétaient à merveille. Quentin le créatif expansif et Frédéric l'introverti méthodique. Quinze ans de collaboration sans nuages apparents. Julia l'avait d'ailleurs confirmé, elle n'avait jamais assisté à une dispute depuis qu'elle était en âge de comprendre la tragicomédie humaine.

Alice essayait de se remémorer les mots exacts de Frédéric Duval rapportés par Julia. Elle plissait les yeux pour mieux se concentrer. Voilà, c'était ça... *Tu es complètement dingue... Tu veux notre mort... Tu veux qu'on perde tout... Tu veux notre ruine... Tu veux te coller une réputation de criminel en publiant de la merde...* En publiant de la merde, se répéta-t-elle mentalement...

Tu veux notre mort... Parlait-il de menaces de mort ? Ou évoquait-il plutôt une mort symbolique, une mort sociale, financière ? *Notre mort...* Celle de Duval Prod ? *Tu veux qu'on perde tout...* Oui, c'est sans doute cela, il parlait de la société qu'ils avaient fondée.

Tu veux une réputation de criminel en publiant de la merde… Une réputation de criminel… En publiant de la merde… *Publier de la merde ?* Non pas animer ou produire une émission de « merde », mais *publier* de la « merde ». Que voulait-il publier ?

Comment justifier une nouvelle visite à Frédéric Duval pour lui demander les raisons de sa colère ? Fallait-il jouer franc-jeu en évoquant le déjeuner avec sa nièce ? Non, ce n'était pas une bonne idée, cela mettrait Julia dans une posture délicate, surtout avant les obsèques. Pourquoi ne pas s'appuyer sur un questionnement ouvert et empathique pour l'inciter à révéler l'origine de sa fureur ? Peu probable qu'il fasse une telle révélation à une inconnue, se disait-elle, surtout si la réputation de Duval Prod était en jeu.

Sa rage subite l'aurait-elle conduit à assassiner son frère ? Et tuer la poule aux œufs d'or ? Elle avait lu dans un magazine économique que Duval Prod réalisait un chiffre d'affaires annuel d'environ cinquante millions d'euros. Quel était donc l'intérêt de l'éliminer ? Quoi que… L'entreprise s'était suffisamment diversifiée pour ne pas s'effondrer à court ou moyen terme. Programmes de flux, documentaires, fictions, contenus sur internet, films d'entreprise. L'éventail était large.

Et puis « Incontournable », leur show à succès, leur vache à lait quotidienne survivrait à la mort de son animateur. Alors qu'il n'était pas encore enterré, certains journaux évoquaient le nom de son chroniqueur vedette, Sam Lapak, pour lui succéder. Nul n'était vraiment indispensable en ce bas monde télévisuel et bien des programmes avaient survécu au départ de leurs présentateurs prétendument irremplaçables.

Quelle était donc la pièce manquante entre cette dispute fraternelle et la mort de Quentin Duval ? Il fallait laisser reposer la pâte, comme le disait si bien Haroun. À propos de pâte, Alice eut une soudaine envie de tarte aux poireaux pour le dîner. Pourquoi pas avec une pâte à base d'huile d'olive, pour changer ? Elle consulta un blog culinaire très suivi, Marnie Cooking, et y dénicha une recette de pâte brisée sans beurre.

Elle descendit à la cuisine, rassembla les ingrédients nécessaires pour réaliser la fondue de poireaux, qu'elle assaisonna de graines de moutarde et de coriandre moulues. Puis elle fit tourner le robot pâtissier qui malaxait à vitesse lente la farine complète, l'eau glacée, l'huile d'olive et le sel. Sur le plan de travail fariné, elle façonna une boule qu'elle laissa reposer au réfrigérateur pendant une demi-heure. Le temps de prendre un bain chaud en écoutant les Beatles.

Avec une précaution inhabituelle, elle grimpa les escaliers qui la menaient au premier étage. Elle portait de confortables chaussettes d'intérieur et voulait éviter de glisser et connaître le sort funeste de Quentin Duval, même si lui avait été assassiné. Elle en était persuadée depuis le début.

16

> « Il y a une chose plus terrible
> que la calomnie, c'est la vérité. »
>
> Talleyrand

En se levant le lendemain matin, Alice Bonneville eut l'intuition que la journée ne se déroulerait pas exactement comme elle l'avait prévu. Une visite chez un brocanteur du côté de Bourron-Marlotte, un rendez-vous au salon de beauté, puis le *tea time* prévu avec Gaëtan Le Bellec. Enfin la soirée serait ouverte, selon les volontés de la Fortune qui, les yeux bandés, distribuait implacablement bonheurs et malheurs.

Chez Baron Broc, elle dénicha une soupière en faïence vert céladon, puis elle se rendit à Fontainebleau chez Angela Beauté, pour un modelage du visage anti-âge.

Toute pimpante, Alice Bonneville profita de son avance pour se promener dans le jardin de Diane, un parc à l'anglaise, dans le château de Fontainebleau. Après une vingtaine de minutes de marche, elle s'assit sur le même banc que d'habitude, situé en face de la fontaine dédiée à la déesse de la chasse, un bassin circulaire entouré d'un gradin en pierre. La température était moins fraîche que la vieille. Elle profitait des rayons de soleil en fermant les yeux, emportée par mille pensées sans queue ni tête, qu'elle ne cherchait pas à maîtriser. Elle les laissait passer, comme un nuage file dans le ciel, sans s'y accrocher. Si un imprudent lui avait dit qu'elle méditait – ce qu'elle faisait, en toute objectivité –, elle lui aurait rétorqué qu'elle détestait ça. Non, elle rêvassait sans but, sans désir, tout simplement. Des vibrations l'arrachèrent à sa béatitude. Elle sortit son téléphone de sa poche. Un SMS de Julia Duval.

Alice, c'est dingue, on a retrouvé l'ordinateur de papa. Sous son lit. Je ne comprends rien. Je peux vous appeler ?

Alice composa aussitôt son numéro.

— Bonjour Julia, c'est Alice. Expliquez-moi tout.

— Ce matin, la femme de ménage a retrouvé l'ordinateur de papa sous son lit… La police avait pourtant cherché partout. Nous aussi. C'est incroyable…

— Il faut appeler la capitaine Belgazzi pour qu'elle fasse une saisie de l'appareil. Vous avez son contact ?

— Oui, elle m'avait laissé sa carte de visite.

— Vous étiez chez votre père hier soir ?

— Non, j'ai dormi chez Louise, une amie… On s'est engueulés avec Nicolas. Juste après votre départ.

— Ah bon, pourquoi ?

— Je ne sais pas ce qui lui a pris. Quand je lui ai dit que je vous avais parlé de la dispute entre papa et mon oncle, il a explosé… Complètement. Il m'a hurlé que vous enquêtiez sur la mort de papa, et que ça allait éveiller des soupçons sur un crime qui n'existait pas… Il n'arrêtait pas de répéter que mon cousin et mon oncle allaient mal le prendre… Que c'était une trahison. J'ai pas du tout compris sa réaction.

C'est quoi cette histoire ? s'étonna Alice. Elle ne savait pas encore quoi faire de cette information, mais le plus urgent était l'analyse du contenu de l'ordinateur de Quentin Duval.

— Julia, il faut que vous préveniez immédiatement la capitaine Belgazzi. Et rappelez-moi si quoi que ce soit de bizarre se reproduisait.

— D'accord, Alice.

— Faites attention à vous.

Les neurones d'Alice s'agitaient comme s'ils étaient plongés dans un shaker. L'ordinateur retrouvé sous le lit ! Comment était-ce possible, si la police et les proches avaient fouillé la maison de fond en comble ? Quelqu'un avait forcément rapporté l'appareil.

Mais pourquoi prendre cette peine ?

Comble de chance, c'est son amie Inès Goya, la magicienne qui entretenait sa maison, qui avait retrouvé l'objet envolé. Elle l'appela aussitôt, tandis qu'elle activait le pas pour se diriger vers l'Hôtel Joséphine.

— Bonjour Inès, c'est Alice, vous allez bien ? Je vous dérange peut-être ?

— Non, non pas du tout. Ça va, vous ?

— Oui, oui. La fille de Quentin Duval vient de m'appeler, car vous avez mis la main sur un ordinateur portable qui avait disparu, c'est bien ça ?

— Oui, je l'ai retrouvé sous le lit de M. Duval. Mlle Duval m'a appelée quand la police a enlevé les scellés pour que je vienne nettoyer la maison. Quelle horreur, cette histoire ! Vous croyez que je porte malheur, après le meurtre de Paul Faye ? répondit-elle avec effroi.

— Mais non, mais non, Inès, qu'est-ce que vous racontez ? C'est hélas un hasard absolu… Bref, pourquoi êtes-vous retournée là-bas ce matin ?

— À cause des obsèques, il y aura du monde chez lui.

— Évidemment. Vous étiez revenue depuis son décès ? lui demanda-t-elle alors qu'elle arrivait devant l'Hôtel Joséphine.

— Non, la dernière fois que je suis venue faire le ménage, c'était la veille de sa mort.

— Et ce jour-là, vous aviez nettoyé sa chambre ?

— Oui, j'y avais passé l'aspirateur, partout, même sous le lit.

— Et il n'y avait rien en dessous ?

— Dans mon souvenir, il y avait juste une paire de pantoufles, des chaussettes et un magazine. Ça m'a semblé étrange de trouver son ordinateur. J'ai tout de suite prévenu Mlle Duval. Vous pensez que je vais avoir des ennuis ? s'inquiéta Inès Goya.

— Mais non, Inès, vous avez bien fait. Je vous explique tout bientôt. On se voit jeudi, comme d'habitude. Merci ! Je vous embrasse.

Alice Bonneville inspira un grand coup. Décidément, cette journée ne se déroulait vraiment pas comme prévu. Ses petites cellules grises s'entrechoquaient dans son cerveau. Un courant électrique de basse intensité parcourait son corps. Sans qu'elle s'en rende compte, boire un thé avec Gaëtan Le Bellec était passé au second plan.

Elle entra dans le lobby de l'hôtel. Elle appréciait l'agitation contrôlée, le bourdonnement serein propre aux grands hôtels, où clients et personnel exécutaient une chorégraphie fluide, hors du temps et du fracas du monde.

Quand elle aperçut Gaëtan Le Bellec, l'intérêt du *tea time* remonta en flèche. Vêtu d'un costume en tweed à chevrons bleus qui mettait en valeur son torse, d'un col roulé en mérinos bleu qui s'accordait avec la couleur de ses yeux, il pianotait sur son téléphone en l'attendant. Dès qu'il la vit, il se leva et lui serra la main. Une poignée franche, mais sans volonté de dominer.

— Par les temps qui courent, est-il encore possible de dire que vous resplendissez ? Souligner votre élégance, est-ce un flagrant délit de sexisme ? demanda-t-il avec une inquiétude feinte.

— Vous saurez assez vite si vous dépassez les bornes, répondit-elle en souriant et en s'installant face à lui.

Nappes blanches, photophores en argent, serviettes épaisses monogrammées aux armes de l'hôtel, assiettes à dessert et tasses en porcelaine fine, théière et cafetière en argent style Régence, bouquet d'anémones. Sur une grande table en verre avec dorures, près de l'imposante cheminée, des assiettes de service sous cloche regorgeaient de douceurs : cake marbré, madeleines miel et citron, tartelettes au chocolat gianduja, scones aux raisins, mini-sandwichs concombre et saumon… Des enceintes diffusaient *mezzo voce* un concerto pour violoncelle de Haydn. À chaque visite, Alice s'émerveillait du spectacle.

Après avoir pris leur commande – un thé à la bergamote pour elle et un chocolat crémeux pour lui –, le serveur âgé d'une cinquantaine d'années, aux allures de majordome anglais, déposa sur leur table un plateau de service à trois niveaux débordant de gourmandises. Elle se contenta d'un petit sandwich et d'un scone, lui ne laissa pas une miette dans son assiette.

— Vous avez épuisé votre quota de sucre jusqu'à la fin de l'année.

— Le pire, c'est que j'ai encore faim, je suis insatiable, répondit-il sur un ton légèrement égrillard qui surprit Alice.

À ce stade du rendez-vous, elle désirait du mystère et du romantisme, pas qu'il fasse des allusions érotico-gourmandes. Elle enchaîna comme si elle n'avait rien entendu.

— Au fait, qui était votre oncle, celui dont vous avez hérité la maison ?

— Le frère de ma mère. Un grand neurologue. Un type formidable, libre, marrant. Il s'est marié cinq fois et n'a jamais voulu d'enfants. Il m'a considéré comme le fils qu'il n'a jamais voulu avoir. Je venais souvent à Valmont quand j'étais jeune. Nous allions pêcher dans le Loing et nous faisions de l'escalade en forêt. Et puis mon métier m'a éloigné de la région, jusqu'à sa mort des suites d'un covid long. Je l'appelais toutes les semaines. C'est le père que je n'ai pas eu.

— Vous étiez orphelin ?

— Un père absent, c'est un peu comme être orphelin, sans pouvoir faire le deuil, car il est encore vivant... Là, quelque part..., répondit-il en agitant la main comme s'il chassait un mauvais esprit.

— Vous êtes proche de votre fils ?

— Une vraie mère juive. Je l'étouffe d'amour, mais je m'en fiche ! Même s'il est parti aux États-Unis pour ses études, je l'appelle deux à trois fois par semaine. Il n'en peut plus, le pauvre. En vérité, il m'adore, mais il fallait bien qu'il coupe le lien. Et vous, avec votre fille ?

— C'était un peu compliqué quand elle était ado. Très proche de son père, en rivalité avec sa brillante mère, vous voyez le tableau. Mais aujourd'hui, nous avons d'excellentes relations... depuis qu'elle vit en Écosse ! J'essaie de reproduire la bonne entente que j'ai avec ma mère. En ce moment, elle est en vadrouille, je ne sais où !

Elsa de Rosemonde était partie au Mali avec sa meilleure amie Priscilla Grunberg pour dispenser des cours d'alphabétisation. Elle ferait un saut à Valmont-sur-Loing pour passer Noël avec Alice et Arthur.

— Vous avez de bonnes relations avec la mère de votre fils ?

Gaëtan Le Bellec avala le dernier morceau de cake qu'il restait dans son assiette avant de répondre.

— Disons que la haine s'atténue avec le temps.

— La haine ? Que vous a-t-elle fait de si grave ?

— Elle m'a quitté.

— J'imagine que votre... haine – elle répugnait à prononcer le mot – est liée aux circonstances de la rupture.

— Pas vraiment. Elle ne m'a pas quitté pour un autre. Et c'est peut-être ça le pire. Je l'aimais.

Le silence allait devenir malaisant quand Philippe Lévêque se dirigea vers elle à point nommé. Elle se leva pour l'embrasser comme si elle ne l'avait pas vu depuis des siècles.

— Je suis étonnée de te voir ici, fit-elle en lui adressant un clin d'œil. Tu es seul, cette fois ?

— Non, Miss Lourdeur, figure-toi que j'ai un rendez-vous professionnel, là-bas, avec ce type, dit-il en désignant de la tête un homme sans âge, chauve et replet, qui ressemblait au personnage d'Elmer Fudd dans le dessin animé Bugs Bunny, sagement assis sur une banquette bleu roi.

— Tu tombes bien, j'allais t'appeler pour te parler de l'hypothèse de la surdose d'adrénaline. Nous étions complètement à côté de la plaque.

— Nous ? *Tu* étais complètement à côté de la plaque, ma chérie.

— Oui, oui, bon, je t'appellerai pour t'expliquer, abrégea-t-elle, agacée.

— Tu ne me présentes pas ? Un rendez-vous *professionnel* ?

Alice fit rapidement les présentations d'usage et l'invita à filer à son rendez-vous.

Posé sur son sac, le téléphone d'Alice émit une vibration. Un SMS d'Haroun Johnson.

Et si on improvisait une séance cinéma ce soir ? *Le ciel peut attendre ?* J'attends...

Alice fut désarçonnée par ce message inattendu.

— Quelque chose ne va pas ? s'inquiéta Gaëtan, saisissant l'addition que le serveur venait de déposer sur la table.

— Non... non... C'est la mort de Quentin Duval qui me chiffonne, mentit-elle.

— Qu'est-ce qui vous chiffonne ?

— Rien de précis... En tout cas, c'était un moment très agréable, dit-elle, alors que ses sentiments étaient mitigés.

Un vent frais avait ridé la surface d'un lac calme. Alice était troublée par la haine que Gaëtan Le Bellec éprouvait encore pour son ex-femme. Ce mot n'était pas anodin, surtout pour une spécialiste en sciences criminelles. Pourquoi l'avait-elle quitté, si elle n'avait pas été infidèle ? Gaëtan Le Bellec était-il invivable au quotidien au point que son épouse veuille lui échapper ? Quels étaient ses vices cachés ? Son vrai visage sous le masque du séduisant quinquagénaire ? Avait-il trompé son épouse, au cours de ses nombreux voyages à travers le monde ? Ne tire pas de conclusions hâtives, se força-t-elle à penser. Le plus important était de ne pas se précipiter. Alice était sous le charme, c'était évident, mais il fallait qu'il laisse sa rancune à la rivière. Elle ne voulait pas devenir une relation pansement et le réceptacle de ses rancœurs conjugales. Elle le reverrait quand il aurait fait la paix avec son ex-compagne.

Il insista pour régler la note, mais elle s'y opposa et l'invita. Ce serait lui la prochaine fois, promit-il, et ils se quittèrent devant l'Hôtel Joséphine, en se faisant la bise, cette fois.

Alors qu'elle se dirigeait vers le parking souterrain, son téléphone vibra de nouveau.

Bonsoir Alice, j'espère que je ne vous dérange pas. Je dois absolument vous parler après les obsèques. C'est très important. Benoît Canguillem.

Elle relut le message, essayant de deviner les raisons pour lesquelles le curé de l'église Saint-Jacques voulait s'entretenir avec elle.

Bonsoir mon père, bien sûr. Si c'est urgent, je peux venir tout de suite. J'allais partir de Fontainebleau.

Trois petits points d'attente indiquaient qu'il était en train de répondre. Puis plus rien. À nouveau trois petits points. Et plus rien encore une fois.

Enfin, au bout d'une minute, elle reçut sa réponse.

D'accord, je vous attends au presbytère.

*

Devant le parvis de l'église Saint-Jacques, des fidèles continuaient à discuter joyeusement. Des fidèles de tous âges et de toutes origines ethniques, venus nombreux assister à la messe. Alice se fraya un chemin dans la foule, pénétra dans l'édifice et monta au presbytère. Elle frappa deux coups brefs.

— Entrez ! ordonna le père Canguillem.

— Bonsoir, mon père. Quel monde devant l'église ! Vos sermons doivent valoir le coup, fit-elle en refermant la porte.

— J'espère bien vous convertir un jour, répondit-il en souriant.

Son visage devint à nouveau grave. Il l'invita à s'asseoir.

Benoît Canguillem se leva et fit les cent pas derrière son bureau. La nuit était tombée et seul un lampadaire sur pied éclairait la pièce.

— Madame Bonneville, je ne vous ai pas tout dit quand vous êtes venue me voir…

— Oui, je sais, le pèlerinage à Lisieux…

— Quentin tenait à son image d'homme moderne. Progressiste. Lui, le branché, l'arbitre des élégances médiatiques. Depuis son baptême, c'est notre second pèlerinage, après Sainte-Anne-d'Auray l'an dernier. Quentin était touché par le message d'espérance de sainte Thérèse. Écarter la recherche de perfection pour mettre l'amour dans sa vie. C'était tout indiqué pour l'ultra-perfectionniste qu'il était.

Il fit une pause et se rassit.

— Quand je vous ai dit que les secrets de sa confession étaient désormais entre les mains de Dieu, je n'ai pas été honnête.

— Comment ça, vous n'avez pas été honnête ?

— Le secret de la confession ne tient pas en cas de crime. Je n'ai pas arrêté de penser à ça depuis que l'on s'est vus.

Dans la semi-obscurité de son bureau, le père Canguillem eut soudain l'air menaçant en prononçant cette phrase.

— Que voulez-vous dire par là ? déglutit Alice, s'attendant presque à ce que le prêtre sorte un poignard de son tiroir.

Il prit d'interminables secondes pour lui répondre.

— Quentin Duval a tué son père.

Alice le fixait comme si elle avait vu un cheval chanter un air d'opéra.

— Je vous demande pardon ?

— Quentin Duval a tué son père quand il était adolescent.

— Quoi ? Comment ça ?

— Quand il a renoué avec la foi, il m'a avoué ressentir une immense culpabilité. Ce meurtre enfoui dans son inconscient est remonté à la surface. Il ne m'en avait pas parlé au cours de nos nombreux échanges pour préparer son baptême. Mais une fois baptisé, il m'a fait cette terrible confession.

— Mais pourquoi aurait-il tué son père ?

— Pour défendre son frère. Ça s'est passé à l'été 1996. Quentin avait seize ans et Frédéric deux de plus. La famille Duval était en vacances sur la côte bretonne, à la pointe de Pen-Hir, dans le Finistère, le fief familial. Ils étaient partis courir tous les trois, très tôt, à l'aube. Le père était un compétiteur. Professeur de mathématiques, il était aussi officier de réserve. Il voulait endurcir ses fils en leur faisant pratiquer beaucoup d'exercice physique. Il était très rude avec eux. Très exigeant. Surtout avec Frédéric, qu'il jugeait trop mou, trop gros, pas assez viril. Il lui faisait vivre un enfer. Il ne les frappait pas. Mais c'étaient des mots toujours plus violents… Des mots qui peuvent faire autant de mal que des coups. Des humiliations permanentes… Il faisait ça, car il avait de hautes ambitions pour eux, prétendait-il. Les grandes écoles… Des carrières prestigieuses en tant que grands commis de l'État.

Il interrompit son récit et se leva pour prendre une bouteille d'eau et deux gobelets en carton dans un placard. Il servit un verre à Alice et il but le sien d'un trait avant de se rasseoir. Elle était abasourdie par ces révélations, irréelles dans la lumière spectrale de la pièce.

— Ce matin-là, Frédéric a du mal à suivre sur le sentier qui monte à la falaise. Il avait quelques kilos en trop à l'époque. Il est essoufflé, il a un point de côté. Il doit s'arrêter, car il n'en peut plus. Leur père se retourne et se rue vers lui dans une rage folle, en prenant pour exemple Quentin, plus jeune, plus affûté, plus endurant, plus rapide que Frédéric. Son père lui hurle dessus. À cette heure-là, il n'y a personne pour les voir et pour les entendre. Quentin les rejoint, il s'interpose. Il ne supporte plus cette dureté, ces vexations. Il n'accepte plus l'injustice et crie à son père tout ce qu'il a sur le cœur. Quentin à son tour se met dans une rage folle. Il repousse violemment son père. Il est aussi fort que lui désormais. Il continue à hurler, hurler… Et… il le pousse dans le vide.

Alice n'en croyait pas ses oreilles. Elle buvait son gobelet d'eau à petites gorgées. Elle aurait préféré un vieux whisky pour encaisser le choc.

— Il m'a tout confessé, une fois baptisé, répéta le père Canguillem.

Il se leva à nouveau et ouvrit un coffre caché dans une armoire en fer. Dans ses mains, une chemise cartonnée qui contenait une épaisse liasse de papiers.

— Voilà le manuscrit imprimé. Son autobiographie dans laquelle il raconte tout, ou presque. Ne manquent que les derniers chapitres. Vous y trouverez les détails des circonstances de la mort de son père et la culpabilité de Quentin. Un aveu qu'il souhaitait présenter à un éditeur qu'il n'avait pas encore choisi. Il se laissait le temps, il voulait le publier au bon moment. Des dizaines de maisons grattaient régulièrement à sa porte. Mais personne n'était au courant de son crime. À part moi et Frédéric Duval. Et personne ne savait qu'il voulait sortir ce livre.

Alice lui demanda s'il ne s'agissait pas plutôt d'un accident mortel.

— À l'époque, Quentin et Frédéric se sont mis d'accord pour affirmer qu'il s'agissait d'un accident. La police a également conclu à une chute involontaire. Quentin m'a dit qu'il avait tué son père, en légitime défense. Ce n'était pas sa volonté mais, bien plus tard, il a admis que c'était la meilleure chose qu'il ait faite dans sa vie. Tuer ce père qui considérait ses enfants comme des animaux à dresser pour réaliser ses ambitions. Quel est le maillon entre le meurtre du père et la mort du fils ? Là est la question.

— Vous aussi, vous pensez qu'il existe un chaînon manquant entre ces deux morts ?

— Oui, et vous le savez mieux que moi.

— Pourquoi avez-vous décidé de me raconter tout ça ?

— Après votre dernière visite, j'ai eu un cas de conscience. J'ai eu l'intuition que la vérité sur sa mort allait bientôt éclater. Je me suis dit que vous sauriez mieux utiliser cette information que la police. J'espère ne pas me tromper. Je crois que Quentin mérite qu'on sache qu'il était un homme juste, si cette histoire doit éclater au grand jour.

— Une dernière question… Pourquoi vous a-t-il confié le manuscrit ?

— Il m'a fait jurer devant Dieu de le faire publier, un an après sa mort, au cas où il disparaîtrait prématurément. Il n'existe aucune copie, même sur son ordinateur. Aucune trace sur le *cloud*. Chaque jour, il s'envoyait le texte par mail, et il effaçait le fichier qu'il mettait à la corbeille. Se sentait-il menacé pour prendre de telles précautions ?

— De toute évidence, répondit sobrement Alice Bonneville.

17

« Puisqu'on ne se souvient que des humiliations et des défaites, à quoi donc aura servi le reste ? »

Cioran

Des montagnes russes émotionnelles, voilà ce qu'elle retiendrait de cette journée. Sur le chemin du retour, un épais brouillard nimbait la route départementale qui coupait la forêt en deux et limitait la visibilité, obligeant Alice Bonneville à rouler très prudemment, alors qu'elle n'avait qu'une hâte : retrouver le cocon rassurant de sa maison.

Quentin Duval, un meurtrier malgré lui. Elle n'arrivait pas à y croire. Elle passa en revue les parricides les plus retentissants de ces dernières années. Des cas rares en France. Trente à quarante affaires en moyenne par an. L'une d'elles l'avait récemment marquée. En

Alsace, un jeune homme de vingt-trois ans avait assassiné son père, dans un déchaînement inouï de violence, des dizaines de coups de couteau, de hache et de marteau. Devant la cour criminelle du Bas-Rhin, il avait prétendu laver la tyrannie et les humiliations subies par sa mère, la violence verbale et le harcèlement psychologique qu'il avait endurés depuis l'enfance. Elle n'imaginait pas une seule seconde Quentin Duval agir de la sorte. Impossible.

Un scénario prenait forme dans son esprit, donnant corps à ses intuitions. Ce n'était pas encore assez solide pour informer Mona. Il fallait qu'elle s'aère l'esprit pour y voir plus clair. Elle décréta un conseil de guerre, en forêt. Elle dicta un message à son téléphone via le système Bluetooth de la voiture.

Cher Haroun, ce soir, je ne pourrai pas. Trop crevée, je crains de m'endormir au bout de dix minutes, battant votre record le soir d'Halloween. Comme vous êtes fermé demain, je vous propose une balade en forêt, vers 9 heures avec Arthur ? Pas trop tôt pour vous ?

Pas de problème Alice, on remet la soirée ciné.
Et OK pour la balade.
Conseil de guerre ?

Oui ! Et vous n'allez pas le regretter. À demain.

Aussitôt après avoir franchi le pas de sa porte, Alice Bonneville se déshabilla à toute vitesse et se mit en pyjama. Arthur dînait chez des amis à Paris.

Elle lui avait mis l'eau à la bouche avec ses promesses de révélations.

J'espère que tu ne me survends pas le truc ! Je te connais :–)

18

« Un homme déshonoré est pire
qu'un homme mort. »

Cervantes

Un brouillard à la texture épaisse enveloppait la forêt. Laissés seuls, Arthur et Haroun auraient eu du mal à s'y repérer, mais Alice connaissait par cœur ce chemin de randonnée autour de Valmont-sur-Loing. Une boucle rapide, qui se parcourait en moins de trois quarts d'heure.

— J'espère qu'on ne croisera pas de sangliers, s'inquiéta Haroun.

— Qu'est-ce que vous nous faites, Haroun ? se moqua Arthur.

— Je viens de regarder une vidéo où un médecin légiste belge raconte comment il a identifié le corps d'un randonneur en forêt, déchiqueté par une harde.

— Quelle idée de visionner ces horreurs ! s'étonna Alice.

— Je suis tombé dessus par hasard en tapant « sanglier » et « forêt » sur Google. Bon, bref... Quelles sont vos fameuses révélations ?

Alice leur raconta dans le détail les conversations avec Julia et son entrevue avec le père Canguillem.

— Ça alors ! s'écria Haroun.

— Hallucinant, fit Arthur en écho. Quentin Duval a tué son père... C'est dingue...

— Je résume... Lors de leur dispute, Frédéric Duval hurle : *Tu veux une réputation de criminel en publiant de la merde ?* Il sait donc que son frère écrit un livre. Mais comment ? Si seul Benoît Canguillem était dans la confidence, comme il me l'a certifié ?

— Le curé n'a aucun intérêt à sa mort, affirma Arthur de façon péremptoire.

— Passons à l'ordinateur disparu... L'assassin recherche l'autobiographie de Quentin Duval. Il pense que l'appareil contient les fichiers du manuscrit, poursuivit Alice. Frédéric Duval peut-il être l'assassin ?

Le brouillard commençait à se lever, laissant percer un soleil pâlichon.

Les branches des chênes et des hêtres noirs se détachaient nettement dans la brume, donnant un aspect fantasmagorique à leur randonnée.

— Mais peut-on vraiment imaginer Frédéric Duval porter ce déguisement bizarre et repartir à vélo ? Je vous rappelle que notre voisin voyeur a aperçu une silhouette mince. Et que c'est un ancien paparazzi. Donc un observateur professionnel. Ce n'est pas lui faire injure, mais Frédéric Duval est en surpoids et Albert Pérez a vu un homme mince, martela Alice.

— Et si c'était… son fils ? tenta Haroun.

— Samuel ? Comment vous pouvez dire un truc pareil ? C'est absurde, s'offusqua Arthur, qui défendait son ami.

— Ne prends pas la mouche, lui répondit Alice, c'est juste une hypothèse. Tu le sais bien, les proches sont toujours les premiers suspectés. Et il n'y a pas trente-six mille proches autour de Quentin Duval.

Sans s'en rendre compte, le trio était revenu sur le parking de la forêt. Ils n'avaient pas vu le temps filer. Ils poursuivirent leurs spéculations bien au chaud dans la Coccinelle.

— Frédéric Duval apprend – je ne sais pas comment pour le moment – que son frère écrit un livre explosif dans lequel il révèle être un meurtrier. Un parricide, l'un des pires crimes. Il débarque chez son frère. Il y a prescription, Quentin ne risque plus rien, mais… Mais ces révélations vont dynamiter leur famille. Mettre en péril leur société de production. Je répète les mots rapportés par Julia : *Tu veux notre mort… Tu veux qu'on perde tout… Tu veux notre ruine…* La publication de ce livre aurait provoqué un énorme scandale, amplifié par les réseaux sociaux. Et jeté le déshonneur sur les Duval. L'avenir professionnel de Samuel compromis…

— Oui, oui, tu as raison.

— Haroun ? s'enquit Alice en le voyant froncer les sourcils.

— Je pense au laps de temps entre le vendredi, où les deux frères quittent le bureau en bons termes, et le samedi soir, où Frédéric Duval déboule chez Quentin dans une colère noire.

— Dans ce laps de temps, enchaîna Alice, Quentin Duval s'est envoyé son fichier par mail, comme d'habitude, après avoir écrit. Il s'envoie un mail… Il s'envoie un mail… Il s'envoie un mail.

Alice répétait cette phrase comme un mantra qui allait l'aider à résoudre l'énigme. Subitement, elle se gara sur le bas-côté, juste avant d'entrer dans Valmont-sur-Loing.

— Mais oui, ça y est ! *Vous avez un message*. Vous vous rappelez Haroun, ce film vu ensemble, il y a un an ou deux. Tu l'as vu, Arthur ?

— Non, du tout.

— Dans ce film, les personnages de Tom Hanks et de Meg Ryan s'envoient des messages sans savoir qui ils sont, avec tous les quiproquos et malentendus qui vont avec.

— Ça n'a rien à voir avec notre histoire. Redémarre, s'il te plaît, j'ai très faim.

— Ce que je veux dire, c'est qu'il y a eu un quiproquo, une erreur… Quentin a sans doute envoyé son manuscrit par erreur. Et c'est cette erreur qui l'a tué. Attends… Je vérifie son adresse mail dans mon téléphone… Voilà… qduval@gmail.com. Arthur, tu as l'adresse mail de Frédéric Duval ?

— Oui, deux secondes… frederic.duval@duval-prod.com.

— Et celui de Samuel ?

— C'est sduval@gmail.com.

Alice redémarra la voiture.

— Q, S… Deux lettres qui se suivent sur un clavier. Il est plus probable que Quentin Duval se soit trompé en tapant sduval@gmail.com, plutôt que frederic.duval@duvalprod.com.

— Ça se tient…, concéda Arthur.

— Mais nous n'avons strictement aucune preuve ! rétorqua Haroun, qui leur proposa de prendre un café au London-Essaouira.

Pour ne pas donner l'impression que le salon de thé était ouvert un dimanche, ils passèrent par l'arrière-cour.

Quelques minutes plus tard, assis dans la position du lotus sur l'un des fauteuils club, Arthur scrutait le feu qu'Haroun venait d'allumer. Puis il ferma les yeux. Il inspirait et expirait lentement. Il essayait de se rappeler le nom de la personne qui portait le déguisement de Walter White… Cette personne avait forcément enlevé son masque au cours de la soirée, pour boire un verre, fumer ou embrasser quelqu'un… Des images floues de la soirée d'Halloween devenaient plus précises, à mesure que la transe hypnotique faisait son effet. La musique rythmée, les corps dansants, les effluves d'alcool, de tabac et de cannabis… Arthur revivait la scène… *Moi… déguisé en Spider-Man… Samuel… en Super Mario… Walter White… Walter White… Walter White… Quelqu'un était déguisé en Walter White… Qui était déguisé en Walter White ?*

Haroun déposa les tasses de café et l'assiette de sablés à l'orange le plus délicatement possible sur la table basse.

— Alors ? chuchota Alice.

— Ça ne revient pas. Je sens que j'y suis presque…

— Laisse reposer la pâte, fit Haroun.

— Nous en saurons plus demain, aux obsèques, annonça Alice.

19

« Quand un homme sait qu'il va être pendu dans deux semaines, cela permet à son esprit de faire le tri de façon prodigieuse. »

Samuel Johnson

Célébrités et anonymes étaient venus en masse à l'enterrement de Quentin Duval. Le père Canguillem avait dressé un portrait poignant de son ami disparu, Frédéric Duval avait lu un texte sobre, pétri d'humour, tandis que Julia avait ému l'assemblée en évoquant le père attentionné qu'il était, son demi-frère Nathan à ses côtés. Le PDG de la chaîne de télévision où il officiait avait assommé tout le monde avec son discours convenu, et l'on sentait surtout son regret d'avoir perdu une source de revenus qui gonflaient le résultat net de son groupe audiovisuel.

Des enceintes avaient diffusé des gospels d'Aretha Franklin. Puis l'inhumation avait eu lieu dans la stricte intimité au cimetière de Valmont-sur-Loing.

Une réception funéraire avait suivi chez Frédéric Duval. Alice y était conviée, accompagnée d'Arthur.

*

Arthur eut un flash en pénétrant à nouveau dans le hall d'entrée de la maison de Frédéric Duval. Ça lui revenait. Enfin. Oui, il avait bu comme jamais il n'avait bu auparavant, mais ça lui revenait. La pâte avait levé, comme disait Haroun. Soudain, l'image fut nette. Et terrible. Il se rappelait qui portait le déguisement de Walter White lors de la soirée d'Halloween, la nuit du meurtre, ici, dans cette demeure cossue des bords de Seine. Quentin l'avait vu enlever son masque, ce visage chauve en latex qui portait un bouc et des lunettes finement cerclées. Il l'avait ôté pour boire un verre au bar. Il était donc venu faire la fête après avoir tué un homme. Il avait donc dansé, ri, flirté, après avoir tué un homme. Il n'avait montré aucun tremblement en portant un verre à ses lèvres, après avoir tué un homme.

Il le connaissait bien.

Il était son adversaire au club de MMA. Réputé pour son redoutable *high kick,* son coup de pied haut, puissant, net et précis, qui pouvait vous mettre KO debout. Oui, c'était bien lui, Nicolas Belkaïm, déguisé en Walter White ce soir-là. L'ami et associé de Samuel Duval détenait la force physique et la technicité pour tuer Quentin Duval. Le coup à la tempe. Lors des combats de fin d'entraînement, Arthur avait maintes fois subi les assauts de cette redoutable machine de guerre.

Il entra dans la salle à manger. Les invités se pressaient autour du buffet. Si le noir n'avait pas été le dress code de circonstance, on se serait cru à un cocktail mondain.

Arthur cherchait sa tante du regard, affolé. Il la repéra en pleine conversation avec le PDG de la chaîne de télé et lui fit signe de le rejoindre à l'extérieur. Elle s'excusa et retrouva son neveu sur le perron.

Quand il lui révéla qui se cachait sous le déguisement, elle porta sa main à la bouche, en signe d'effroi. Nicolas Belkaïm ! Ce charmant garçon qu'elle avait rencontré il y a trois jours au pub Old Tavern…

— Mais oui, bien sûr, dit-elle en se tapant le front, il m'a demandé si j'enquêtais sur la mort de Quentin Duval. Et ensuite, il s'en est pris à Julia parce qu'elle m'avait révélé la dispute entre les deux frères. Le scénario de l'assassinat se précise. Il faut que j'appelle Mona.

Elle attrapa son téléphone dans son sac.

— Je vous conseille de ne rien faire, fit Samuel Duval, qui surgit de la pénombre.

Vêtu d'un costume gris foncé et d'une cravate noire, les cheveux mi-longs ramenés en arrière, le jeune homme était en train de fumer derrière un pilier et il avait entendu leur conversation.

— Samuel… Qu'est-ce que tu fais, là ? Tu n'as pas l'air dans ton état normal, répondit Arthur.

— Arrête de faire ton psy de service.

Alice frissonna. Elle regretta d'avoir laissé son manteau à l'intérieur.

— C'est Nicolas ? C'est ça ? lui demanda Alice. C'est lui qui a tué votre oncle ? Mais pourquoi ? C'est à cause du manuscrit ?

Samuel restait muet, comme sonné. Comment savait-elle pour le manuscrit ? Il tira de la poche de son veston un paquet de cigarettes.

— Samuel, écoutez-moi, nous allons rentrer et nous allons discuter. Nous savons des choses que nous aimerions vérifier. Nous voulons juste comprendre ce qu'il s'est passé, sans vous juger. Je suis persuadée qu'il s'agit d'un accident… Que personne n'a voulu la mort de votre oncle, tenta Alice pour l'amadouer.

Il fallait gagner du temps. Elle avait réussi à composer discrètement le numéro de la capitaine Belgazzi et elle pria pour qu'elle ait décroché afin de pouvoir entendre la conversation avec Samuel. Et surtout, qu'elle vienne au plus vite. Plus tôt dans l'après-midi, juste avant les obsèques, Alice lui avait envoyé un message pour l'informer qu'elle avait de nouveaux éléments à lui communiquer. Mona lui avait répondu en lui annonçant que le rapport final d'autopsie avait enfin été rendu, et qu'elle l'appellerait après la réception funéraire.

Samuel alluma une nouvelle cigarette et s'assit sur une marche, la tête entre les mains. Il se redressait pour tirer quelques bouffées. Le ciel était étoilé, sans un nuage. Un croissant en forme de D indiquait la prochaine nouvelle lune.

Arthur s'installa à côté de lui, passant le bras autour de ses épaules.

— Je suis ton ami, tu le sais… On a partagé tant de choses tous les deux, lui dit-il en lui caressant le dos. Tu peux me faire confiance.

Alice recula de quelques pas et se mit hors du champ de vision de Samuel. Elle porta le téléphone à son oreille. Mona Belgazzi était au bout du fil.

— Vous avez tout entendu ? Vous êtes en route ? Nous sommes toujours chez Frédéric Duval, chuchota-t-elle.

— Oui. Retenez-le. Et ne raccrochez surtout pas.

Puis Alice s'approcha de Samuel et lui prit la main.

— Venez… Nous serons mieux à l'intérieur.

Samuel soupira, se leva et leur indiqua une autre entrée, à l'arrière de la maison. Alice et Arthur le suivirent, en s'interrogeant du regard. Il y avait une porte vitrée qui donnait sur un escalier de service, juste à côté de la remise. Un étroit couloir les conduisit au premier étage, jusqu'à la chambre d'adolescent qu'il retrouvait quand il dormait chez son père. Samuel les invita à s'asseoir sur le lit. Il resta debout, près de la fenêtre ouverte, allumant encore une cigarette.

— Comment avez-vous su pour le manuscrit ?

Alice lui expliqua ce qu'il s'était probablement passé. Il l'écoutait, fasciné par la justesse de son raisonnement.

— Eh bien… Je comprends que mon oncle ait voulu travailler avec vous. Vous êtes forte…

Il jeta son mégot dans la corbeille à papier. Arthur et Alice l'observaient. Il avait déposé les armes, prêt à soulager sa conscience. Les obsèques avaient-elles agi comme une catharsis ? Il devait purger son âme.

— Un samedi matin, il y a plus de deux semaines, mon oncle m'a envoyé un mail par erreur… Tout de suite après, j'en ai reçu un second dans lequel il me demandait d'effacer le précédent. Mais quand j'ai vu que c'était son projet d'autobiographie, je n'ai pas résisté à l'envie d'ouvrir le fichier et de tout lire, comme quand on tombe par hasard sur un journal intime. C'est là que j'ai découvert cette vérité cachée pendant des années. Mon oncle avait tué mon grand-père… J'ai gardé ça pour moi toute la journée. Mais le soir, au moment du dîner, j'ai tout raconté à papa. Il s'est effondré quand je lui ai montré les preuves, les pages où mon oncle décrit la scène. Papa s'est senti trahi… Il était comme une statue, à la table de la cuisine. Toutes ces années où mon père s'était sacrifié pour lui. Mon père a tout donné pour lui ! Il a tout donné… Tout… tout… Et mon oncle allait foutre en l'air tout ce qu'ils avaient bâti ensemble ? Pour que ce cul béni soulage sa conscience dans un livre ? Sans penser à nous ? C'était dégueulasse de faire ça. Ça m'a rendu malade de voir mon père si mal.

— Et ensuite ? demanda Alice

— Il a repris ses esprits et il est parti chez mon oncle pour le convaincre de ne pas sortir le livre, mais Quentin n'a rien voulu entendre.

— Je comprends votre colère…, fit Alice. Et que vient faire votre associé dans cette histoire ?

— Mais vous ne comprenez pas ? Notre start-up était foutue avec ces révélations. Vous croyez que vous pouvez tranquillement lever des fonds après un tel scandale ? Une réputation, ça vaut de l'or aujourd'hui, t'es bien placé pour le savoir, Arthur. C'est du pétrole, une réputation. Et Quentin allait nous empêcher de réussir ! Pour une histoire du passé, qui aurait entaché notre famille ? J'ai tout raconté à Nicolas, c'est le frère que je n'ai pas eu. Il vient d'un milieu modeste… Le succès de notre boîte, c'est le moyen de mettre sa mère à l'abri. Elle a élevé ses deux enfants toute seule. Elle a travaillé tellement dur pour leur payer des études. J'ai rencontré Nicolas à l'INSEAD. Il était boursier. Et lui aussi allait tout perdre à cause de ces révélations ? Jamais de la vie. Nous avons eu l'idée de l'empêcher de publier son livre. Puisque mon père n'avait pas réussi à le convaincre, on s'est dit qu'il fallait qu'on lui fasse peur. On y a pensé toute la semaine qui a suivi. Mais…

Samuel fixait le mur en face de lui. Il ne pouvait plus s'arrêter.

— Je ne voulais pas qu'il meure. Je voulais juste que Nicolas le menace et que mon oncle accepte d'enterrer ce projet de publication absurde.

— Et donc, le soir d'Halloween, votre associé est venu sonner chez votre oncle.

— Oui…

Samuel ralluma une cigarette.

— Nicolas est passé chez lui, sous le prétexte de récupérer un document financier. Mon oncle avait investi dans notre boîte. Quand les proches financent, on appelle ça la *love money*. Et puis Nicolas lui a parlé du manuscrit, du fait que ses révélations allaient faire du mal à notre image, et par extension à la start-up… Il lui a d'abord demandé calmement de ne pas le publier. Mon oncle n'a rien voulu entendre… Nicolas s'est approché de lui et s'est montré plus agressif, pour lui faire comprendre qu'il ne plaisantait pas, qu'il ferait mieux de l'écouter sinon ça risquait de mal se passer pour lui. Quentin lui a dit qu'il était dingue de venir comme ça chez lui et de lui demander un truc pareil… Le ton est monté. Mon oncle a menacé de retirer ses billes de la boîte. Et là…

Samuel ferma les yeux.

— Et là… Nicolas a pété un plomb… Bien plus que prévu. Il l'a bousculé, Quentin l'a repoussé, ça l'a fait vriller et il lui a asséné deux coups de poing à la tempe qui l'ont assommé. Ensuite, je ne sais pas ce qu'il lui est passé par la tête… Quand il a vu que Quentin ne répondait plus, il a paniqué et il l'a transporté dans les escaliers. Il l'a mis à plat sur le dos, dans une position qui simulait une chute. Comme s'il avait glissé avec ses chaussettes après un malaise. Dans la panique, Nicolas a pris l'ordinateur qui était posé sur l'îlot de la cuisine. Voilà, il m'a raconté ça le lendemain. Moi, j'étais dans le déni, j'espérais que mon oncle s'en sortirait mais on a su dès le lundi qu'il était mort. J'étais pétrifié.

Personne n'osait parler.

— Je n'ai jamais voulu sa mort… Jamais ! Et Nicolas non plus. C'est un sanguin, un nerveux, mais il a un bon fond. Je vous le jure. Le pire, c'est qu'on n'a rien retrouvé dans l'ordinateur.

— Par sécurité, votre oncle effaçait son fichier et se l'envoyait par mail après avoir écrit. Mais pourquoi avoir rapporté l'ordinateur chez Quentin ?

— Nicolas a flippé quand il a appris que vous enquêtiez. Après s'être engueulé avec Julia, il a voulu faire la paix. Et en la retrouvant chez mon oncle, il en a profité pour le mettre sous le lit.

— Samuel, la police va arriver, fit Alice avec douceur. Où est passé le déguisement ?

— Il est là, répondit-il en désignant une commode en bois. Je l'avais prêté à Nicolas pour la soirée. Je n'ai pas osé le jeter. C'était un cadeau de mon oncle pour mes vingt ans.

Et il éclata en sanglots.

ÉPILOGUE

Ce jour-là, la capitaine Mona Belgazzi interpella discrètement l'auteur de l'homicide involontaire et son complice. Le juge d'instruction Bernier les plaça sous le statut de témoins assistés. L'Institut médico-légal de Versailles analysa les micro-gouttelettes de sang projetées sur le déguisement et conclut qu'il s'agissait de l'ADN de Quentin Duval. Samuel avait tout avoué, Nicolas nia en partie les faits mais le rapport d'autopsie avait parlé pour lui. Frédéric Duval démissionna et céda ses parts de la société à sa nièce. À seulement vingt-trois ans, Julia abandonna ses études d'architecture à Rennes pour diriger Duval Prod, avec la promesse de ne pas trahir les valeurs que son père lui avait transmises. Au choc des révélations de l'autobiographie s'étaient ajoutées la déception infinie, l'incompréhension et la rage en découvrant que le responsable de ce drame n'était autre que son petit ami. Mais elle était d'autant plus déterminée à honorer la mémoire de son père.

*

Quelques jours s'écoulèrent. Alice était passée chez Mona, tôt le matin, comme à leur habitude, pour déguster un chocolat chaud et des pancakes, toutes deux confortablement installées sur le canapé du salon.

— Gerbier est vraiment furax de s'être fait doubler par vous encore une fois ! fit Mona en riant. En revanche, le procureur vous a à la bonne. Je l'ai vu hier. Vous le connaissez bien, non ?

— Disons que nous avons fricoté par le passé quand nous étions à la fac ensemble, mais je vous rassure, il y a prescription !

— Si ça ne vous dérange pas, je préfère ne pas en savoir plus. C'est comme si ma mère me racontait ses coucheries, fit-elle d'un air faussement dégoûté.

— Mais je n'ai pas l'âge d'être votre mère ! s'offusqua Alice, niant l'évidence.

Le soir venu, après avoir pris un bain, elle enfila une tenue d'intérieur en pilou, assumant de privilégier le confort plutôt que le style. Haroun Johnson devait passer une heure plus tard pour leur soirée ciné. *L'Impossible Monsieur Bébé*, d'Howard Hawks, avec Cary Grant et Katharine Hepburn. Elle prépara leur plateau télé préféré, une salade de mâche aux noix et au chèvre chaud assaisonnée d'huile d'olive et de vinaigre balsamique.

Il sonna à l'heure. Alice s'apprêtait à sortir pour déverrouiller le portail quand elle vit une apparition à travers la fenêtre. Cary Grant en personne. Ou plutôt sa réincarnation. Rasé de frais, les cheveux raccourcis, la raie sur le côté légèrement désordonnée, Haroun Johnson portait les mêmes lunettes que l'acteur dans *La Mort aux trousses* d'Hitchcock. Une veste en tweed gris chiné, un col roulé en cachemire marron glacé, un jean brut et des bottines en cuir sans lacets. Une tenue élégante et décontractée.

Une surdose d'adrénaline lui fit grimper les escaliers en quatrième vitesse pour se changer. Alice fonça dans sa chambre, se débarrassa de son pyjama et enfila un pantalon à pinces noir et une chemise bleu nuit brodée à col rond, aux épaules bouffantes. Elle dévala les escaliers pour lui ouvrir.

— Haroun, quelle mine superbe ! Entrez.

Il la précéda dans le couloir. Le téléphone d'Alice vibra. Un message de Gaëtan Le Bellec. Elle ne ressentit aucun besoin de lui répondre. Le sourire radieux d'Haroun lui donnait envie de faire des claquettes.

*

Arthur avait mis quelques semaines pour digérer l'arrestation de ses anciens amis Samuel Duval et Nicolas Belkaïm. Pour se remettre de ce maelstrom émotionnel, il faisait encore plus de sport, s'entraînant dur pour sa compétition de MMA, une préparation intensive qui agissait comme un puissant anxiolytique.

Dans le même temps, il travaillait d'arrache-pied au cabinet et à ses vidéos pour les réseaux sociaux.

À son grand étonnement, sa patiente Stéphanie Lebowski avait repris rendez-vous avec lui. Elle avait encore beaucoup de choses à lui dire sur son mari. Des choses qui s'étaient déroulées dix ans auparavant, au rond-point de l'Obélisque.

La playlist de Tante Alice

Cole Porter, “Love for Sale”
Dean Martin, “Everybody Loves Somebody”
Frank Sinatra, “You make me feel so young”
Selena Gomez, “Single Soon”
Sia, “Gimme Love”
The Beatles, “Hello, Goodbye”
Joseph Haydn, “Concertos pour violoncelle”
Taylor Swift, “Karma (Taylor’s Version)”
Mozart, « L’Enlèvement au Sérail, K.384, Air final »

Remerciements

Je tiens à remercier les médecins Isabelle Sec, Jean-Marc Sène et Gérald Kierzek, le professeur en pharmacie François Chast, le pharmacien Arnaud Labouze, la psychologue clinicienne Cécilia Commo, la thérapeute Cécile Guéret, l'entrepreneur Julien Dubois, la philosophe Laurence Devillairs, la linguiste Julie Neveux, le commissaire Raphaël Girard, pour leurs éclairages médicaux, scientifiques ou techniques. Merci à Flavia Mazelin Salvi, Christilla Pellé-Douël pour leurs remarques pertinentes après la parution du premier tome. Merci à ma sœur Sonia Rebeihi pour sa lecture enthousiaste. Je remercie enfin mes éditrices Véronique Cardi et Violaine Chivot pour leur fidélité.

CET OUVRAGE A ÉTÉ COMPOSÉ PAR PCA
POUR LE COMPTE DES ÉDITIONS J.-C. LATTÈS
17, RUE JACOB – 75006 PARIS
CONTACT-LATTES @jclattes.fr
IMPRIMÉ EN FRANCE PAR
BUSSIERE
EN FÉVRIER 2025

PAPIER CERTIFIÉ

JC Lattès s'engage pour l'environnement en réduisant l'empreinte carbone de ses livres. Celle de cet exemplaire est de :
350g éq. CO_2
Rendez-vous sur www.jclattes-durable.fr

N° d'édition : 01 – N° d'impression : 2083374
Dépôt légal : mars 2025
Imprimé en France